MW01708554

PIERRE-MARC DROUIN

SI LA TENDANCE SE MAINTIENT

Catalogage avant publication de Bibliothèque et Archives nationales du Québec et Bibliothèque et Archives Canada

Drouin, Pierre-Marc
Si la tendance se maintient
(Première impression)
ISBN 978-2-7644-0765-3
I. Titre. II. Collection: Première impression.
PS8607.R675S5 2010 C843'.6 C2010-940556-0
PS9607.R675S5 2010

Conseil des Arts du Canada Canada Council for the Arts

SODEC Québec

Nous reconnaissons l'aide financière du gouvernement du Canada par l'entremise du Fonds du livre du Canada pour nos activités d'édition.

Gouvernement du Québec – Programme de crédit d'impôt pour l'édition de livres – Gestion SODEC.

Les Éditions Québec Amérique bénéficient du programme de subvention globale du Conseil des Arts du Canada. Elles tiennent également à remercier la SODEC pour son appui financier.

Québec Amérique
329, rue de la Commune Ouest, 3e étage
Montréal (Québec) Canada H2Y 2E1
Téléphone: 514 499-3000, télécopieur: 514 499-3010

Dépôt légal: 3e trimestre 2010
Bibliothèque nationale du Québec
Bibliothèque nationale du Canada

Mise en pages: Andréa Joseph [pagexpress@videotron.ca]
Révision linguistique: Luc Baranger et Diane-Monique Daviau
Conception graphique: Louis Beaudoin
Adaptation de la grille graphique: Nathalie Caron

Imprimé au Canada

PREMIÈRE IMPRESSION

Dédiéc à la relève littéraire, la collection « Première Impression » offre aux auteurs émergents un espace de création unique pour faire leur entrée dans le monde des lettres québécoises.

Une collection dirigée par
Isabelle Longpré

PIERRE-MARC DROUIN

SI LA TENDANCE SE MAINTIENT

ROMAN

QUÉBEC AMÉRIQUE

À tous ceux qui m'ont dit
NON

PARTIE 1

PROLOGUE
MA GRANDE NOIRCEUR

Autrefois, lorsque j'étais plus jeune, mon héros, c'était Bernard Derome. Dès l'âge de cinq ans, je regardais le Téléjournal avec mon papa, béat d'admiration devant cet homme qui n'en était pas un. En fait, à mes yeux, Bernard Derome était un surhomme. Il savait tout ce qui se passait dans le monde entier ! De la guerre du Golfe à la crise d'Oka, en passant par les innombrables impasses constitutionnelles canadiennes, sans oublier tous ces meurtres et ces viols... j'en déduisis très tôt qu'il devait être super intelligent. Et j'en fis donc mon héros. Si bien qu'en cinquième année, lorsque nous dûmes nous adonner à une présentation orale de dix minutes sur nos idoles, je ne me gênai point pour afficher publiquement mon admiration pour cet homme qui, durant toute sa vie, avait su faire l'unanimité. Par la suite, on me surnomma « Bernie » pour un bon bout de temps.

Pour moi, il ne faisait pas l'ombre d'un doute que Bernard Derome était doté d'une éminente clairvoyance. Et surtout, d'une capacité hors du commun à demeurer au-dessus de la mêlée, à ne jamais se mettre personne à dos. Plus tard, je comparai cet homme à un tournevis, en ce sens où on ne peut pas être « pour » ou « contre » un tournevis. J'aurais bien aimé, moi, être un outil. Servir à quelque chose. Être apprécié de tous. Mais j'étais un garçon pleurnichard. Et les garçons pleurnichards, je l'avais su très jeune, n'avaient pas la cote auprès du public. J'étais bien loin de faire l'unanimité, moi. On était même très loin de Bernie dans mon cas.

Par ailleurs, en octobre 1995, le soir du référendum portant sur une éventuelle souveraineté politique du Québec, monsieur Derome me convainquit ultimement de son invincibilité lors du dépouillement du vote à Radio-Canada. J'avais onze ans et j'étais déjà apolitique, assis entre un père souverainiste et une mère fédéraliste. Je parviens encore aisément à me remémorer cette tension entre eux deux, ces querelles sans fin, et les millions de « ça ne changera rien à notre amour » qui fusaient cette soirée-là d'un côté comme de l'autre, comme on récite son chapelet, avec automatisme et résignation ; et je me rappelle également ma vache de mère qui avait tué mon enfance un peu plus tôt dans la journée, mais ça, c'est une autre histoire, ça viendra incessamment. Bon. Il faisait nuit lorsqu'Il se présenta à la caméra et, d'un air solennel, déclara : « À vingt-deux heures vingt, heure de l'est, Radio-Canada prévoit que si la tendance du vote se maintient, l'option du NON remportera ce référendum, bla bla bla… »

En cet instant, le Québec entier avait les yeux rivés sur lui. Je me souviens de ma mère en pleurs, poussant un très long soupir de soulagement. Et surtout, de mon père qui envoya à l'abattoir tous les gens qu'il connaissait : le « maudit innocent à Parizeau », le « grand fendant de Bouchard », le « p'tit mongole de Dumont », sans oublier les représentants du NON, ces « maudits colonisés », et les « pas d'colonne » qui se sont abstenus de voter, ainsi que « toute la *gang* de frileux à *job* qui ont peur de perdre leur pension », etc. Même ma mère y passa. « T'es contente en hostie, hein ? » Et moi. « Le fils de l'autre. »

Mais Bernard, lui, était épargné.

J'étais estomaqué. Papa en voulait à la terre entière, mais pas au messager sur qui, pourtant, on tire trop souvent. En fait, j'étais abasourdi pour plus d'une raison. Car il y avait aussi ce petit bout de phrase qui m'avait complètement jeté par terre : « Si la tendance se maintient… » J'y voyais déjà, très jeune, toute l'anxiété du monde. Je savais qu'à l'écoute de cette phrase nous nous retrouvions malgré nous devant l'inévitable, devant un fait pratiquement accompli et ce, pour le meilleur et pour le pire. Comme dans « si la tendance se maintient », nous assisterions à l'éclatement d'une guerre nucléaire opposant les États-Unis à la Corée du Nord. Sur ce point d'ailleurs, je souhaite de tout cœur que le Canada demeure au-dessus de la mêlée. Histoire de respecter la tradition. En ce qui me concernait à l'époque, cependant, cela ressemblait davantage à « si la tendance se maintient », je finirais mes jours à Sainte-Anne, battu à mort par les durs de mon école.

Je ne savais pas, à l'époque, que je finirais par quitter cette ville, vivant, en santé, et que je deviendrais un *player*, une pute, une poubelle à sperme. Et que j'allais tomber amoureux. Une fois. Et toute une. En fait, il m'était impensable d'imaginer que je puisse être autre chose que le *punching bag* du monde entier, celui sur lequel on a décidé un jour de tout évacuer, sperme comme sang, violence comme amour. Tout m'est arrivé de travers, dans le désordre, sans jamais se trouver un sens. J'étais le faire-valoir de tout un chacun, un rat de laboratoire universel, celui sur qui tu tapes quand tu veux taper.

On m'a toujours battu à l'école et il n'y avait rien pour empêcher cela. Je le savais car j'ai un jour entendu mon professeur de deuxième qui en discutait avec un collègue dans le corridor près de l'infirmerie. Un dur m'avait alors étranglé à l'aide de mon propre foulard, m'avait fait tourner autour de lui comme un lanceur de poids olympique jusqu'à ce que je fonce tête première dans le mur de briques rouges de l'école. La routine, quoi. Je m'étais coupé le front et je pleurais bruyamment dans la cour d'école, jusqu'à ce que quelqu'un me prenne et m'emmène à l'infirmerie.

L'infirmière avait quitté la pièce pour une raison qui m'a échappé et elle avait laissé la porte entrouverte. D'une oreille, je pouvais entendre mon professeur qui disait :

— Tsé… le problème avec Jean-François, je te le dis carrément : c'est que c't'un gars. Quand une fille se blesse, quand une fille pleure, on essaie tout le temps de tout arranger, on a quasiment envie d'pleurer nous aussi.

Et son collègue de répliquer :

— Ouin… moi aussi, une fille qui pleure, j'suis pas capable. Tsé, ma blonde, quand elle pleure, c'est la fin du monde. J'pourrais tuer quelqu'un pour qu'elle arrête. Je ferais n'importe quoi, mon vieux, n'importe quoi.

— Mais un gars… j'sais pas, de poursuivre mon professeur. Y a-tu quelque chose de plus fatigant qu'un p'tit gars qui braille ? Ça te r'garde avec des grands yeux de veau malade… j'ai juste envie de leur en crisser une autre. Juste une.

— Ah ouin… *anyway*, c'est toutes des futures tapettes. Ç'a l'air qu'ils aiment ça en manger, des taloches.

Depuis ce jour, j'ai su que parce que j'étais pleurnichard j'allais en baver pour un bon moment. Qu'il m'était inutile de compter sur qui que ce soit. C'est pourquoi, à l'été de 1994, quand je me pris ma première vraie dégelée, je tentai de la prendre en silence : comme un homme. Nous étions dans le parc Central, près de l'hôtel de ville. Tous les garçons du voisinage y pratiquaient tous les sports du monde puisqu'il y avait un terrain de soccer, un terrain de baseball, une patinoire en asphalte et une forêt. Moi, je me présentais tous les jours en espérant prendre part aux différentes joutes sportives, même si j'étais un peu rondouillard à l'époque. Il y avait une règle tacite concernant mon adhésion au groupe : je pouvais jouer uniquement s'il y avait un nombre impair de joueurs. Comme ça, ils pouvaient équilibrer les équipes. Sinon, je n'avais même pas le droit de regarder les matchs. Alors je pleurais et ils me tabassaient.

Mais cette fois, j'avais décidé de cesser de pleurer. De ne pas faire une tapette de moi-même, comme ils disaient. Pourquoi ? Je ne sais pas. J'imagine que je m'étais rappelé mon professeur de deuxième et j'avais envie de me prouver, de LUI prouver, que je pouvais être autre chose qu'une boule à larmes. Donc, lorsque mes voisins me dirent non une fois de plus, je décidai de me poser derrière la clôture grise et de regarder la partie, sans un mot, sans une larme. Ce jour-là, pour rien, j'ai décidé que j'en avais assez de pleurer. Que je devais vieillir. Devenir un homme. Alors je ravalai tout. Bien droit. Assis sur un banc. Derrière la clôture. Un homme. Droit. Assis.

Je reçus une balle rapide en pleine figure.

Mes gencives saignaient abondamment. Et ruisselant dans ma bouche : le goût de la défaite, de l'humiliation. Instantanément, les larmes vinrent en moi, mais je me retins avec une force inouïe. C'était comme si j'avais des pailles dans les yeux et que je tentais d'aspirer un *milkshake* mal brassé plein de grumeaux.

— Va donc brailler chez vous, crisse de fif !

— Grosse tapette ! R'tourne chez vous !

Chaque mot était comme une autre balle rapide en plein visage. Une rapide signée Roger Clemens. Avec tous les gens du stade qui applaudissent. J'étais persuadé qu'à chaque mot mes gencives saignaient un peu plus. Qu'éventuellement, à force d'écouter leurs insultes, j'en perdrais toutes mes dents. Que je me transformerais en un tas de chair, mitraillé par tellement de balles rapides que l'on ne pourrait me différencier d'un tas de jambon fraîchement sorti de l'abattoir.

Mais je demeurai bien en place. Assis. Droit. Un homme. Sans broncher. Et j'aspirais tellement ces maudites pailles à larmes que je m'imaginais avec les paupières mauves, rentrées par en-dedans.

Visiblement, ils ne supportèrent pas cet affront. J'avais cru, à tort à l'époque, que je mériterais instantanément leur respect en leur tenant tête, puisque les films de Walt Disney m'avaient lavé le cerveau à l'eau de Javel. Mais dans les faits, ils m'injuriaient deux fois plus fort, avec deux fois plus de véhémence.

C'est alors qu'ils se mirent à ma poursuite. Ils étaient environ une douzaine. Certains avec des bâtons. D'autres me lancèrent leurs gants et leurs balles. Je piquai dans les bois afin de me perdre dans les arbres. Mais un gant de baseball derrière la tête me fit perdre l'équilibre et je m'affalai sur le sol où je m'immobilisai, cimenté par la peur.

Pour ceux qui ne se sont jamais fait battre, il y a une chose importante à savoir concernant le concept de « douleur ». C'est que ladite douleur, sur le coup, est beaucoup moins importante que l'on pourrait imaginer, physiquement du moins. Plus tard, surtout le lendemain, on se rend compte qu'on a la mémoire dans la chair. Mais pour une raison inconnue, on ne sent que les grosses fractures durant une seconde ou deux. En fait, c'est notre amour-propre qui souffre davantage. Elle est là, la vraie douleur. Car premièrement, tu sais que tu te fais péter la gueule et ça, ça fait très mal à l'orgueil, tout simplement. Et deuxièmement, tu te rends compte que tu ne te ressembleras pas nécessairement par la suite. Que dans quelques secondes à peine, il y aura un autre reflet de toi dans la glace : celui que les garçons du voisinage t'auront préparé soigneusement à coups de bâton de baseball, un coup à la fois. Juste pour toi. Et ce sont les secondes qui séparent la raclée de ton premier contact avec le miroir qui sont les plus pénibles. Aurai-je toujours le même nez ? De quelle couleur sera mon visage ? Y aura-t-il des trous ? J'avais la chance, si chance il y a, de n'avoir que dix ans, car les coups d'un enfant de dix ans peuvent difficilement tuer quelqu'un. Alors je me retrouvai, au bout d'un moment, replié sur moi-même, humilié, encore. Je survivais, tout simplement.

Après m'avoir insulté copieusement, le groupe s'était dispersé en majeure partie. Je me retrouvais donc en position fœtale dans un bois, prêt à naître dans une autre vie. Il ne restait que trois types un peu plus âgés, je crois qu'ils avaient douze ou treize ans. Ils me regardaient, l'air furieux. L'un d'eux s'écria :

— T'en as pas eu assez, tapette ?

À cela, je préférai ne pas répondre. Ma maman me disait tout le temps que le silence est la meilleure option dans ce genre de circonstances, car on pourrait retourner n'importe laquelle de mes phrases contre moi. Et comme tout enfant pleurnichard, j'étais naïf, suffisamment naïf pour croire que ma mère comprenait quoi que ce soit à la survivance. C'est alors que je reçus un crachat dans la nuque, gluant, chaud, précédé d'un raclement de gorge interminable et suivi d'un éclat de rire général.

C'est là, précisément, que j'éclatai en sanglots. Au contact chaud de cette substance dégueulasse enrobée d'un rire collectif.

Un autre :

— Y braille ! La tapette braille ! J'pense qu'il en veut encore ! *Check* ça !

Il baissa son pantalon. Je ne le vis pas, je ne fis que déduire cela de ce bruit de cascade métallique provoquée par la chute de sa ceinture sur le sol. C'est alors que j'en reçus et pas à peu près. De l'urine, chaude, dont l'odeur me fit presque perdre connaissance. Mes cheveux en absorbèrent la majeure partie. C'était pire encore que la raclée. Et mieux que la suite.

Comme poussé par un élan de créativité de groupe, mon troisième voisin baissa son pantalon à son tour. Ça ne riait plus. Moi, je pleurais deux fois plus fort. Comme une tapette, dirait mon professeur. Je ne savais pas qu'un jour, j'en aurais plein, des amis tapettes, et que je les traiterais de tapettes à la blague, pour les taquiner. Que je m'en foutrais éperdument qu'ils soient « tapettes » ou pas. Mais à ce moment précis de ma vie, entre mes trois voisins, passer pour une tapette était aussi déplorable que de passer pour un nazi. L'ignorance crasse de la jeunesse provinciale…

Que fera le troisième garçon ? Si la tendance se maintenait, il me déféquerait bien au visage ; il se ferait vomir sur mon corps et inviterait toute sa famille à en faire autant. J'avais envie de fuir mon existence, d'effectuer une incision du haut de mon corps jusqu'au bas à l'aide d'un scalpel, de m'arracher la peau, d'insérer mon squelette dans le corps d'un autre et d'y recommencer une autre vie. Moi, Jean-François Gagnon, repartirais à zéro dans le corps d'un autre. Pourquoi pas dans celui de Bernie, tiens ? On verrait ma face tous les soirs à la télé. J'informerais le monde entier de tout se qui se passe sur la planète. On me trouverait sympathique, rassurant, intelligent. On ne dirait jamais rien de mal à mon sujet. Je serais là, tout simplement. Mais non. À la place, je me retrouvais par terre, en boule, plein de crachats et de pipi, de sang et de terre, au milieu de trois garçons du voisinage, dont deux qui avaient les culottes aux chevilles.

C'est alors que j'entendis un bruit rapide et saccadé. Comme des mains en *Jello* qui applaudissent un très funeste spectacle. Seulement, j'entendais des halètements. De tous les côtés. Je n'osais pas me retourner tellement je croyais qu'allait surgir un monstre ou je ne sais quoi. Et tous ces bruits ne firent que s'intensifier. Quelque chose approchait. Je le sentais. Je ne pleurais plus. J'étais paralysé par la peur. Tout mon corps était d'une lourdeur épouvantable. Quelque chose venait. Je relevai finalement la tête, timidement.

Je découvris la masturbation.

Ils tenaient tous leur queue dans leur main, l'astiquant frénétiquement. Leurs corps ondulaient. Deux d'entre eux regardaient leurs pieds. Un autre regardait carrément dans les airs. Moi, je ne regardais plus. Je comprenais, tout simplement, que je servais à ça. Que dans la vie il y a des chasseurs et des chassés. Fataliste un brin ? Difficile d'être autrement. Surtout lorsque l'on reçoit, à dix ans, le sperme de ses trois voisins sur le corps, au fond d'un bois.

●●●

Que dire de mon enfance, sinon que j'y ai survécu et qu'il s'agit d'un exploit en soi ? Je grandis à Sainte-Anne, une ville de quarante mille habitants où deux usines contribuaient largement à l'économie locale. Je figurais parmi les rares fils de parents « étrangers ». En fait, lorsque l'on ne venait pas de Sainte-Anne, on était des « étrangers ». Mes parents venaient de Brossard.

J'avais exactement six ans lorsque papa et maman décidèrent de s'implanter ici malgré un taux de chômage particulièrement mirobolant dans les environs. Ils avaient décidé de conserver leurs emplois respectifs à Brossard le temps d'en dégoter un dans la région, ce qu'ils ne firent évidemment jamais. Comble de l'ironie : nous procédâmes au déménagement le jour même de mon sixième anniversaire, le 22 juin 1990, également jour de l'échec officiel de l'Accord du lac Meech. Maudite politique.

Mon adaptation à la culture locale fut donc un brin ardue. Chaque ville, chaque région possède ses mœurs, ses gens, ses règles. Par exemple, tout le monde ici possédait un *skidòo* et une chaloupe, et par conséquent, ils s'y connaissaient tous un peu en mécanique ou en histoires de pêche. Alors que moi, dès l'âge de trois ans, mon père me forçait à visionner de vieilles VHS des discours de Pierre Bourgault du temps où il était au PQ, de sorte que l'intégration à ma communauté fut, à toutes fins pratiques, nulle. Papa était un fervent souverainiste. Il croyait que Bourgault aurait dû tasser Lévesque et déclarer unilatéralement l'indépendance une fois le Parti Québécois au pouvoir. Il trouvait René Lévesque complaisant, mou, défaitiste. Pour citer Bourgault, il disait ne pas aimer l'image « sécurisante » que Lévesque donnait au Parti Québécois. Mais bon. On peut être pour ou contre. Ou entre les deux. Comme Bernie.

Ma mère, elle, était rouge jusqu'aux dents. Je ne dis pas cela uniquement à cause de ses très grandes gencives. Mais également dû au fait qu'elle vénérait Pierre Trudeau, Jean Chrétien et Robert Bourassa. Pour elle, le bilinguisme canadien était sa nouvelle religion, et pourtant elle en fut l'une de ses plus grandes pécheresses : elle ne parlait pas un mot d'anglais, elle qui crut pendant plusieurs années que le mot «*fuck*» faisait référence au mammifère marin au poil soyeux. Cela ne l'empêcha pas de me forcer à prendre des cours d'anglais au privé dès la deuxième année. Même que parfois, elle demandait à mon père de parler uniquement en anglais au souper, histoire de me conditionner. Ç'a fonctionné. Je m'exprime maintenant très mal dans ces deux langues.

C'est peut-être parce que je grandis dans la politique que je m'en désintéresserai totalement à l'adolescence. Mes parents divorcèrent un mois après le référendum en 1995. Durant toute la campagne, ils ne cessèrent de me répéter que cela ne changerait rien à l'amour et à l'affection qu'ils se vouaient l'un à l'autre, qu'ils en feraient abstraction, etc. Mais bon. Le résultat final ne divisa pas seulement la population.

À la maison, d'ailleurs, la politique était constamment un sujet de discorde, et bien que mes parents en fussent conscients, ils ne pouvaient s'empêcher d'y revenir dès qu'ils en voyaient l'occasion. C'en était maladif. Même mon anniversaire déchaînait les fureurs. Pour ma mère, le 22 juin, c'était l'échec de Meech, l'unité canadienne en déroute et le délire francophone à son paroxysme. Pour mon père, le 22 juin était plutôt le fiasco des cérémonies de Québec de 1984, avec ses grands voiliers pas trop spectaculaires et ses roulottes à patates frites qui avaient bouché la circulation pendant des jours. Et pour moi, c'était papa et maman qui s'engueulaient encore une fois.

Bien que je suis devenu apolitique par la suite, je n'en étais pas moins politisé au départ. J'étais déchiré entre ma mère et mon père, entre le fédéralisme renouvelé et la souveraineté-association. Finalement, j'optai pour Bernard Derome. Un choix sûr. Entre les deux.

Je consacrai d'ailleurs l'essentiel de mon adolescence à me nicher « entre les deux ». Dans cette zone grise, latente, où se cachent peureusement les indécis. Je voulais être identifié à rien, n'exister pour personne. Qu'on me lâche, tout simplement. Car du moment où l'on se range dans un camp précis, on se fait des ennemis dans l'autre camp. Et moi, j'ai vécu toute ma vie avec cette peur chronique de me faire éjaculer au visage par mes voisins. Il suffit de le vivre une fois pour comprendre. Pour savoir qu'il ne faut jamais prendre position si on ne veut pas subir un affront. C'est dommage. Mais c'est comme ça. J'ai décidé de me subir moi-même. Tout simplement. Certaines personnes ont le courage de se révolter, de se battre contre leur sort. Pas moi. J'avais eu la certitude à l'époque que j'étais né pour rien. Point final. J'ai accepté l'idée, très jeune, que je n'étais né que pour survivre. Et que, tant qu'à survivre, autant ne pas faire trop de vagues.

CHAPITRE 1
MA RÉVOLUTION TRANQUILLE

Ne me demandez pas comment j'ai fait pour en arriver là, à vingt ans, au bout d'une corde dans ma penderie.

— Tu vas me payer ça…

Elle me sourit dangereusement, quelque part à mi-chemin entre la tendresse et le sadisme. Ça m'excite. Voilà un mois que je l'attise, que nous flirtons à qui mieux mieux durant les cours de droit constitutionnel en se caressant les cuisses du bout des doigts. Il est maintenant temps de passer de la caresse aux actes et c'est ce que nous comptons faire d'un instant à l'autre, pour peu qu'on nous foute la paix.

— Tu crois qu'on nous a vus ?

Question très pertinente. À ne pas prendre au premier degré puisque nous sommes dans un party d'au moins deux cents personnes. La vraie question serait plutôt de savoir si ELLE nous avait vus. ELLE, Mélissa, ma copine que je n'aime pas, que je n'ai jamais aimée, mais qui incarne définitivement tout ce que je ne pourrais jamais trouver de mieux. Une jeune femme grande et athlétique, aux seins énormes, dont la gestuelle assurée confirme des années de sport et d'entraînement en gymnase. Pas mon genre. Mais quand même, elle promène ce sourire en permanence et cette bonhomie qui contraste passablement avec son apparence soignée de banlieusarde aux mèches teintes et au maquillage compulsif. Et en plus, elle m'aime.

Ma camarade de classe, elle, ne m'aime pas. Mais elle me veut. La preuve, pressée contre moi dans mon garde-robe, elle s'attaque d'abord à mon jeans qu'elle fait glisser délicatement le long de mes jambes en bécotant chaque nouveau pouce carré de peau qu'elle dévoile. J'en ai la chair de poule, mon sexe se raidit dans la seconde et elle ne manque pas de le saluer oralement en l'insérant délicatement entre ses lèvres pulpeuses et roses, l'astiquant par la suite avec une frénésie que je ne lui connaissais pas. J'ai envie de poser les mains sur sa nuque mais comme elles sont attachées à la penderie, je ne peux que gémir et gémir encore, d'autant plus que ma camarade caresse maintenant son clitoris de sa main gauche par-dessus son jean en respirant profondément. Tout ce que je peux faire, c'est regarder et apprécier. Alors je regarde. Et j'apprécie. J'apprécie ce cul tout en courbes et cette mâchoire tracée au crayon fin, comme un modèle incomplet.

— Si je te détache, c'est mieux d'en valoir la peine.

T'as qu'à me laisser aller.

Aussitôt qu'elle me libère, je me rue sur elle avec fermeté, mais sans agressivité, la caressant avec une certaine poigne à la limite du raisonnable. Je sens qu'elle n'en peut plus. LE moment est finalement arrivé, celui où les feux s'éteignent et on roule. Je descends ma main jusqu'à sa ceinture et la détache. Fait rarissime : aucune résistance. D'ordinaire, une autre aurait posé sa main sur mon poignet. Pas nécessairement pour me retenir. Seulement pour me signifier quelque chose comme : « Attention : si tu vas là, il va arriver quelque chose. » C'est sacré, cet endroit. Et je le sais. D'ailleurs, je le considère, franchement, comme un endroit sacré. Honnêtement !

Mais là, c'est l'extase totale. Elle, elle a un copain depuis dix ans. Moi, je sors avec Mélissa depuis peu, mais depuis suffisamment longtemps pour me faire chier. Et là, ce soir, après des semaines de *flirt*, ce soir, oui, ce soir, c'est le grand soir : celui où je vais enfin l'entendre gémir. Car en plus d'avoir des lèvres ourlées de soie, elle possède également une voix très douce, un tantinet aiguë, qui est incroyablement sensuelle. J'insère donc ma main dans sa culotte, très lentement. Elle cesse brusquement de respirer, puis pousse un très,

très long soupir. Ça pourrait franchement s'arrêter là ! Ce soupir vaut tous les orgasmes du monde projetés en même temps dans le ciel comme des feux d'artifice rouges et bleus. Mais elle décide soudainement de m'imiter, plongeant sa main dans mon caleçon, à la recherche d'un endroit où s'agripper.

J'aimerais faire acte de bon cœur et penser à ma copine qui discute probablement, un étage plus bas, avec l'un de mes cent mille colocataires. Plus précisément Alex, mon cousin, qui a pour mission de la retenir le temps que je me tape ma camarade de classe. Mais je n'y arrive tout simplement pas. En fait, je ne fais que me sentir incroyablement vivant. La penderie me convient parfaitement. Cette fille aussi. Tout ça, en fait, me va comme un gant.

Nous sommes en 2004 et moi je vis tellement à cent à l'heure que je suis déjà rendu en 2045. Je suis Jean-François 2.0. Un super-héros exponentiel dont la sexualité ne fait que se multiplier par elle-même en qualité et en quantité chaque semaine. Je suis blindé, tellement blindé que je peux baiser sans condom avec des inconnues et des connues, tout en ayant une femme qui me dit qu'elle m'aime tous les soirs, et je demeure à l'abri des remords. En fait, je me sens comme si, dans une vie, il fallait avoir baisé avec mille femmes, et que je désirais prendre une retraite anticipée.

La porte s'ouvre brusquement.

Ce n'est pas ELLE. Heureusement. Ou malheureusement.

Parfois, j'aimerais que Mélissa me surprenne en flagrant délit de baise. Qu'elle ait le courage de faire ce que je ne peux faire avec elle: arrêter tout, d'un seul coup. J'ai même déjà souhaité la trouver dans son lit avec un autre homme. Hier soir, justement. Mon cours de politique québécoise contemporaine ayant été annulé, je me suis pointé chez elle quatre heures avant l'heure prévue. Après avoir franchi le seuil de son appartement, j'ai grimpé les escaliers avec toute la subtilité du monde, une marche à la fois. J'entendais un bruit saccadé qui provenait de sa chambre, un grincement répétitif. Et dans ma tête, les images se succédaient comme une série de photogrammes animés. Il y en avait pour tous les goûts: des Italiens machos, des Haïtiens joueurs de basket, des petit ringards de la Rive-Sud qui parlent le franglais, des grandes fluettes à lunettes qui chantent pour des groupes alternatifs *underground*. Ils la prenaient par-derrière, par-devant, dans les airs ou pile par terre. J'espérais, en tout cas, qu'il y en aurait un parmi eux qui aurait bien l'amabilité de sauter ma copine, histoire que je puisse m'en aller avec le beau jeu de la victime. Mais lorsque j'ai ouvert la porte, elle était en pyjama et faisait des redressements assis sur son matelas. Pas de veine.

De retour dans le garde-robe, les culottes à terre, la bite en l'air. Avec cette fille qui nous regarde avec de drôles d'yeux. Dans ma poitrine, une douleur atroce. Mais je suis néanmoins soulagé que cette femme ne soit pas ma tendre moitié, car j'ai vraiment envie de baiser, un point c'est tout. Ma camarade de classe, cependant, semble plutôt mal à l'aise.

— Vous faites quoi, là ? de dire cette inconnue, la main sur la poignée de la porte.

Notre pourfendeuse nous regarde avec des yeux de mère. Je trouve le spectacle dégueulasse au possible. Je me rappelle ce fameux après-midi d'octobre 1995 où ma mère m'attendait avec mon journal dans les mains. Elle avait les mêmes yeux. Mais bon… inutile de ressasser de vieux débris de souvenirs.

— Écoute, lui répond ma camarade de classe, ton frère, je l'aime vraiment. Je sais que ça va te paraître idiot, mais je suis persuadée qu'il est l'homme de ma vie. Mais je ne le désire plus depuis un bon moment. Et lui, il me fait un effet fou. Chaque fois que je le croise à l'école, j'ai envie de me désintégrer sur place, d'exploser… tu comprends ? Je contrôle pas ça ! Et lui aussi, y a une blonde qu'y aime, tu sauras !

Une quoi ? Une blonde que j'aime ? Mais de quoi elle parle, elle ? De Mélissa ? Sait-elle vraiment ce qu'est « aimer », de toute façon ? Moi, j'ai aimé une fois dans ma vie. Une seule fois. Une certaine Julie. Il y a des milliers de Julie, mais elle n'était pas comme les autres Julie. Je l'ai aimée, ma Julie. Je ne la verrai plus jamais, ma Julie. Julie… C'est con d'avoir aimé une Julie. Car toutes les Julie du monde me font penser à elle. Et il y en a un tas. De Julie. Pas comme ma Julie à moi. En fait, elle n'est plus à moi, ma Julie à moi. Elle est la Julie d'une autre Julie.

— Mon frère, il t'aime vraiment, tsé ? dit-elle à ma camarade de classe.

Je redescends brutalement de mon nuage de Julie au pluriel. Et me rends compte qu'il doit s'agir de la sœur de son copain, même si j'écoute la conversation d'une seule oreille. Donc, que nous sommes plus que cuits. Pourtant, je suis bandé comme un phoque. Je ne pense qu'à « ça ». J'en rêvais depuis si longtemps.

— Moi aussi, lui répond ma camarade de classe. Mais regarde-le ! Tu ne résisterais pas cinq secondes avec lui dans un garde-robe.

Je ne suis pas d'accord. Mais chacun a droit à ses opinions. D'ailleurs, la belle-sœur semble décidée à s'en faire une puisqu'elle s'approche de moi et me poignarde de ses yeux brun foncé. Des yeux de mère. Je déteste les yeux de mère. Je les lui arracherais. Elle hoche la tête légèrement à quelques reprises comme si elle voulait me défier. Les durs me faisaient le même genre de cirque quand j'étais plus jeune. Ils me pointaient du menton pour me défier. Alors je baissais les yeux. Mais cette fois, cette conne au regard castrateur ne me fera pas baisser pavillon. Pour qui elle se prend, elle ? Je suis fort, maintenant. Plus fort que tous. C'est moi qui éjacule sur les gens maintenant.

C'est alors qu'elle se met à m'embrasser langoureusement et referme la porte à l'aide de son pied.

Ma camarade de classe lui emboîte le pas. Pendant que l'une m'embrasse dans le cou, l'autre ouvre ma chemise bouton par bouton, les mains tremblantes. Bien vite, je me retrouve nu, affalé contre un tas de boîtes de carton. Mon pénis erre d'une bouche à l'autre. Je n'y comprends pas grand-chose, tout se passe tellement vite. Mais qu'à cela ne tienne. On ne baise pas deux femmes dans une penderie tous les soirs.

●●●

Je ne sais trop où tout ça a commencé ni quand ça se terminera, mais semble-t-il que je n'étais pas destiné à mourir puisque je suis toujours là, bien vivant, envers et contre tous. À coups de petits gestes, d'imperceptibles changements et de courtes victoires, je me suis tiré de mon merdier, j'en dois une par ailleurs à mon cousin Alex, dont la visite chez moi il y a quelques mois m'aura permis d'espérer un peu plus. C'est grâce à ce type que je peux dire aujourd'hui que j'habite un onze et demi en compagnie de six autres étudiants paumés comme moi, en plein cœur du centre-ville de Montréal, près du métro Berri. Il m'a littéralement pris par la main et m'a entraîné avec lui dans ses soirées, dans ses histoires de militantisme estudiantin, et en un rien de temps je suis devenu un activiste, un empêcheur de tourner en rond, me ralliant à la cause du jour. Tantôt les OGM. Tantôt le dégel des frais afférents aux études universitaires. Tantôt l'abus des unijambistes manchots borgnes du Burkina Faso dans les usines de souliers de sports, que je porte néanmoins, car voyez-vous, avec le dégel des frais afférents, je n'ai plus trop d'argent pour me procurer des baskets convenables...

Alex est un type bien. Le genre d'individu à qui tu passes un coup de fil au besoin en sachant qu'il te tirera toujours de la merde sans trop comprendre ses méthodes. Mais il se pointera toujours à l'heure, le sourire aux lèvres, la bonhomie chevillée au corps, la compassion au cœur ; il trouvera les mots de réconfort, les mots d'espoir, puis il disparaîtra jusqu'au prochain épisode, histoire de ne pas se montrer trop étouffant. Un enfant d'chienne, un maudit parfait. Mais il m'a aidé. Que puis-je y faire ? Sans lui, je serais fort probablement mort à l'heure actuelle. Et je n'oublie pas, moi. Du moins, pas ce genre de chose.

D'ailleurs, il ne m'a pas simplement aidé à entrer dans cet appartement idyllique, mais aussi à y survivre. Mes colocataires ont tous entre vingt-quatre et trente ans et proviennent des quatre coins du monde, alors ils n'étaient pas chauds à l'idée d'accueillir un jeune de vingt ans provenant des régions. Mais Alex a trouvé la façon idéale de m'intégrer au groupe.

— Tu vas militer avec nous.

Et voilà, ça n'avait pas pris trois jours, une fois emménagé dans ma nouvelle chambre, pour que mon sauveur désire me sauver à nouveau. Même s'il ne savait pas que je venais tout juste de me sauver moi-même… de quelqu'un. Mais ça aussi, c'est une autre histoire.

— Je sais, le militantisme, c'est pas ton truc. Mais moi, oui. T'as qu'à me suivre, qu'à faire exactement ce que je te dis de faire, à crier ce que je crie, ce que tout le monde crie, tu vas voir, mon gars, tu vas te fondre dans la masse, pis vite en crisse à part de t'ça.

Me fondre dans la masse. Mon rêve! Passer inaperçu dans une foule. Ne pas avoir peur de dire un truc car, de toute façon, tout le monde aurait dit la même chose. Depuis tant d'années, je sens le poids des regards sur moi, les jugements qui en émanent. Je déteste les yeux. J'aurais aimé ne pas voir et ne pas me faire voir; j'aurais inventé un autre organe à la place, peut-être des antennes pour copuler davantage, comme les escargots; il me semble qu'il n'y a pas que les femmes qui devraient avoir droit aux orgasmes multiples, non? Du genre « combo antenno-phallique »?

— De toute façon, environ neuf militants sur dix se câlissent complètement de ce pour quoi ils militent. C'est une mode. Y en a qui collectionnent des timbres, d'autres, les causes sociales. Y en a qui sortent en gang pour danser, d'autres pour bloquer des ponts. C'est quand même tout un thrill d'avoir une gang de cinq mille personnes avec toi. Et y a un paquet de filles qui aiment bien ce genre de gars-là, qui gueule fort et qui s'habille au Village des Valeurs en prétendant ne pas vouloir encourager l'industrie du textile en Chine. Les autres colocs dans l'appartement, ils sont comme ça. Ils militent pour le *trip*.

Il me gagnait, et c'était flagrant qu'il le savait. Militantisme mou et déresponsabilisation, fonte dans la masse, filles en extase, il savait très bien où se rendre pour aller me trouver, et, que voulez-vous ? la chair est faible, l'homme aussi, je n'ai jamais prétendu être vertueux ni même aspiré à l'être, alors voilà, moi, Jean-François Gagnon, le type le moins politisé au monde, j'étudiais non seulement les sciences politiques au premier cycle à l'université, mais de plus, j'étais dorénavant un militant gauchiste comme il s'en faisait plein, il ne me manquait plus qu'un p'tit crisse de t-shirt des Cowboys Fringants et une moustache en duvet et j'allais faire fureur.

— Ça ne me dérangerait pas de savoir que tu te fous des causes pour lesquelles je me bats. Moi, j'y crois. Mais si je manifestais avec tous ceux qui y croient vraiment, on serait douze personnes dans la rue avec des pancartes pis des carrés rouges sur le chest. On manquerait de poids. Alors j'ai besoin de vendus pour grossir les rangs. Tu veux être mon vendu ?

Marché conclu, Alex !

●●●

Le moment que je préfère, enfin : le lendemain matin, aussi somptueux que décadent. Parfois, je me demande si j'aime vraiment faire la fête ou s'il s'agit davantage d'un défi que je me lance presque à chaque soir, c'est-à-dire celui de passer au travers et d'en sortir heureux. Pour l'instant ça va bien. Je suis sur une bonne tendance. J'ai un mal de bloc respectable. Mais je me sens bien. Mission accomplie. Mélissa dort chez elle et mon meilleur pote, Vincent Trudel, ronfle probablement sur le canapé du salon.

Je n'aurais jamais cru possible un jour, du fond de mon trou à Sainte-Anne, d'improviser une soirée à deux cents personnes comme hier soir. Mais voilà, les promesses d'Alex au sujet de Montréal et de la vie universitaire s'avéraient fondées : il suffisait simplement de suivre la procédure pour s'affilier, pour s'incruster. Tout est parti d'une manifestation suite à une déclaration de Pierre Reid, ministre de l'Éducation, concernant une éventuelle conversion de cent trois millions de dollars de bourses étudiantes en prêts bancaires. Quelques jours plus tard, Alex réunit quelques centaines de clones – dont je faisais partie – afin de piétiner l'asphalte du centre-ville d'un pas lourd, et voilà, on ne savait plus quoi faire pour rasséréner notre pseudo-colère, alors nous avions décidé de ramener quelques étudiants furieux à l'appartement. Et cette fille, cette délicieuse fille qui m'a fait ma fête dans ma penderie hier soir, je l'ai conquise ultimement lorsqu'elle m'a vu mettre le feu à une poubelle.

Je décide de descendre au salon afin de constater l'étendue des dégâts. Et de discuter avec mon pote Vincent. J'aime bien Vincent, surtout le lendemain de la veille. Il est toujours très philosophe, très sage, et en même temps plutôt frondeur. Avec lui, on « fait le bilan », comme on dit tout le temps. Car on n'a pas toujours vécu des choses géniales, lui et moi. Lui était gros, moi j'étais peureux. On s'est donc tout de suite remarqués au secondaire et on a traversé les déserts de l'adolescence ensemble.

En bas de l'escalier, il y a je ne sais combien de bouteilles vides et de mégots de cigarettes. C'est si beau. Y a seulement les hosties d'yeux de mère de la fille d'hier soir qui me mettent tout croche. Ne plus y penser. Merci.

— Tiens ! Monsieur le décapsuleur ! L'homme qui baise plus vite que son ombre ! Vient donc m'embrasser, j'ai envie d'pogner l'sida ; j'espère que tu saignes des gencives.

Vincent est bel et bien éveillé et boit un café en compagnie de trois de mes colocataires. Il a les cheveux gras, son t-shirt est imbibé de transpiration, ce qui a pour effet d'accentuer ses rondeurs. En fait, ils ont tous l'air d'avoir dormi trois heures. Il y a cette espèce de silence pieux et indescriptible qui flotte dans la pièce comme un ange gardien.

— Elle est vraiment chouette ta copine, cher cousin, de renchérir Alex.

Oui, elle est chouette, Mélissa. Tout le monde l'adore, Mélissa. Moi le premier. Elle sourit toujours. Elle est gentille comme tout, aventureuse, compréhensive, adorable…

Le matin, elle te fait une pipe et un déjeuner. Le soir, elle te fait une pipe et un massage à l'huile. Le jour, elle te traîne dans un million d'aventures, d'activités, de festivités de toutes sortes. Et toutes les nuits, elle n'a qu'une idée en tête : te faire jouir. Et elle fait de très bonnes pipes, Mélissa. Je ne l'aime pas, mais merde, ce que je l'adore !

— Elle est tellement chouette que j'ai passé toute la soirée avec elle, de reprendre Alex. Moi, en tout cas, si jamais tu t'décides enfin à la laisser, j'vais m'faire un plaisir de t'la prendre. Histoire qu'elle reste dans la famille.

— Bonne idée, Alex, renchérit Vincent, comme ça tu vas pouvoir pogner l'sida de Jean-François. Tu m'en donneras un boute, y a pas l'air de vouloir le partager avec moi.

Je ne sais pas trop à quoi ils jouent. Mais les blagues de sida ont continué de pulluler sur mon cas par la suite et bientôt, mes six colocataires, Vincent et moi, on s'est retrouvé à faire des blagues de sida et de bébés morts dans le salon en buvant du café. Moi, j'écoute, je ris, je souris. Je parle peu.

Novembre. Voilà donc deux mois que je suis ici, à Montréal, dans ce gigantesque appartement ; deux mois depuis mon départ, depuis Julie ; deux mois depuis ma rencontre avec Mélissa. Deux mois où j'ai explosé littéralement. Je n'ai même plus envie de dormir tellement j'explose. J'aimerais vivre chaque seconde de ma nouvelle vie, mordre les fesses de chacune des femmes que je rencontre, et me faire des virées toujours plus débiles les unes que les autres. Partout où je passe, on m'aime bien, on m'apprécie, on prend mon numéro. On dit qu'on m'aime à tout bout de champ, et j'en viens à avoir moi aussi le «je t'aime» facile. Je suis Jean-François 2.0, le super-héros exponentiel dont le cœur bat toujours plus vite pour toujours plus de gens. Ça se bouscule. Ça grandit. Et si la tendance se maintient, les gratte-ciels pousseront comme des champignons, des femmes nues tomberont du ciel, et toutes les affiches seront lumineuses, tous les moteurs vrombiront comme des bisons sauvages. Dehors, quand je marcherai, mes pas fumeront, et il jouera du rock'n'roll dans mes oreilles. Tout un monde s'ouvre à moi. Il s'ouvre si vite que je chute par en avant. Je déboule en haut. Bientôt, je devrai m'accrocher à la cime des gratte-ciels pour ne pas tomber au plafond.

Pour la première fois depuis mon arrivée à l'appartement, mes colocataires me parlent et me sourient. Le coup de la poubelle en feu à la manifestation a suffi pour les conquérir. Maintenant, je peux souffler. Je suis un des leurs. Je n'ai plus besoin de parler. Car au cours des derniers mois, c'était pesant par moments. En colocation nombreuse, chacun semble avoir un rôle précis. Il y a le *leader*, en l'occurrence Alex, le *partyman*, la femme fatale avec qui les colocs aimeraient bien partager autre chose que le compte d'Hydro-Québec, le fouteur de trouble, la mère poule, la folle hystérique qui a peur des germes microbiens, et moi. Et comme au début je n'arrivais pas à m'incruster dans leurs conversations de trentenaires en devenir, j'étais en quelque sorte un fouteur de trouble. Mais il y en avait déjà un dans la colocation. Alors je suis devenu LE jeune. Car il en faut bien un. Le bébé de l'appartement, celui qui se tient avec des jeunes, qui dit des choses de jeune, qui écoute de la musique de jeune, qui brûle des poubelles comme un jeune. Je servais à les attendrir, à provoquer quelques flots intermittents de nostalgie en canne. Par exemple, si au début je faisais chier la terre entière parce que je ne savais pas me servir d'une laveuse, aujourd'hui, on me montre avec plaisir toutes les subtilités du lavage à l'eau froide à coups de « ça me rappelle mon premier appartement » et de « je suis passé par là moi aussi ». Puis suivent les anecdotes pourries précédées de « quand j'avais vingt ans moi aussi » et suivies de « tu vas voir, tu comprendras bien assez vite ». Bon, j'ai l'air un peu sarcastique en racontant tout ça, mais ça me plaît bien. Entre me faire raconter une anecdote bidon parce que je veux faire mon lavage et me faire pisser dessus par mes voisins dans le fond d'un bois parce que je veux jouer au baseball, il est facile de savoir se contenter de peu.

Et de toute façon, moi, je suis en mode oubli. En mode « crissez-moi patience ». Tout le monde court partout en gueulant les bras en l'air pour s'inscrire aux auditions de *Loft Story*, de *Star Académie*, d'*Occupation double*; ils rêvent tous d'être artiste ou prof, activiste ou gérant ; ils se cherchent un *stand*, une belle grosse tribune bien clinquante et bien en évidence avec un micro toujours plus gros, pis une foule toujours plus dense. Mais moi, je veux être un spectateur. J'ai pas besoin de crier au monde entier que je suis quelqu'un. Je veux être personne. Je veux vous écouter pis vous applaudir comme le gars qui est assis dans la treizième rangée au fond, vous savez, celui qu'on voit même pas tellement il est loin, mais qui va quand même raconter le lendemain qu'il était là, qu'il avait de bons sièges et qu'il entendait bien ? Celui qui va toujours dire que c'était bon, sans donner trop de détails ? Je veux être dans la foule, accepté et oublié. En fait, je rêve qu'un jour, on trouve la photo de ma face quand on tape « dénominateur commun » sur Google.

La journée doit maintenant commencer. Mes colocataires regagnent leur vie respective les uns après les autres. Pas moi. J'étudie les sciences politiques par prétexte et je ne m'y consacre que très peu. De toute façon, je n'ai pas vraiment besoin d'étudier. Mes cours sont ridiculement enfantins. Et inintéressants. Tout ce que j'ai toujours voulu, depuis ma naissance, c'était changer de vie. J'avais un prétexte idéal pour quitter Sainte-Anne : la fin de mes études collégiales. Et comme j'ai grandi dans la politique, que je m'y connais bien, et qu'en plus rien ne m'intéressait vraiment, je m'en suis servi comme issue de secours. Il faut bien que la politique serve à quelque chose.

J'ai téléphoné à mon père pour lui donner des nouvelles, puis Vincent et moi on est sorti. Depuis le divorce de mes parents, mon père incarne ma mauvaise conscience, comme si mes parents avaient inversé leurs rôles. D'un côté, mon père se mêle de tout ce qui touche les émotions, s'inquiète de tout et me rappelle constamment mon manque d'implication dans ma vie familiale depuis mon départ de Sainte-Anne. De l'autre, ma mère ne me demande rien d'autre que de lui rendre des comptes sur mes choix de vie, prétextant qu'elle a le droit de savoir comment je dépense son argent. Mais dans les faits, elle me donne beaucoup moins que la pension alimentaire que mon père lui verse depuis 1995. Et d'ailleurs, il m'octroie beaucoup plus d'argent qu'elle ne m'en donne. Mais lui s'en fout. Pas elle. En politique, on appellerait ça le déséquilibre fiscal.

On se retrouve donc seul à seul, Vincent et moi, déambulant dans les limbes de l'université. Il me raconte qu'il en a marre de Sainte-Anne, qu'il n'aurait pas dû changer de champ d'études, qu'il en a encore pour deux autres années au cégep à cause de ça, et qu'il m'envie. J'aime bien qu'on m'envie, c'est nouveau. Je lui dis que l'université me fait chier, mais que les femmes sont belles, que les gens sont ouverts. Bien évidemment, il ne comprend pas pourquoi je déteste tant les universitaires, lui qui doit encore se taper deux années de sciences humaines. Il ne comprend pas à quel point cette institution est une mascarade, qu'aujourd'hui, être titulaire d'un baccalauréat est une véritable farce, que ce diplôme vaut que dalle et qu'il ne t'ouvre aucune porte au niveau professionnel. Une usine à la chaîne de pseudo-intellos ; un méga producteur de bacheliers faisant fi de la demande et qui en offre toujours un peu plus ; un faiseur de diplômes sans saveurs dont l'appellation du champ d'études s'avère plus longue que le bagage intellectuel qu'on y emmagasine. Contrairement au cégep, l'université a cette prétention de préparer à la vie, alors qu'au fond les merveilles qu'on y trouve se cachent hors des salles de cours. On y apprend l'esprit de bande, le contact humain instantané, la divergence. Mais s'il n'en tenait qu'à moi, je ne ferais que traîner dans les corridors et je lirais les bouquins que je voudrais bien lire.

Évidemment, je n'ai rien dit de tout ça à Vincent. Il a besoin d'un rêve et je ne le priverai pas de ce luxe bien qu'il soit, à mes yeux, utopique et naïf. Alors je le laisse passer à un autre sujet : la soirée d'hier. Avec la cuite de la veille, les filles, la musique et tout le truc.

Puis, la bombe :

— Tu penses pas que tu as assez fait le con avec Mélissa ?

Je ne l'ai pas vu venir. D'ordinaire, il trouve mes histoires avec les filles plutôt hilarantes. Mais pas cette fois, semble-t-il.

— Tsé, J.-F., tu pourrais difficilement trouver mieux qu'elle. Elle est vraiment bien.

Là, il marque un point. Elle est parfaite, Mélissa. Mais je ne l'aime pas et je n'y peux rien. Peut-être parce qu'elle est trop parfaite, justement. Je ne sais pas. Il n'y a pas de mode d'emploi pour ce genre de chose. J'ai beau avoir vingt ans, je le sais, ça, qu'il n'y a pas de guide pour savoir comment aimer les filles. Comme bien d'autres types de mon âge, j'ai vu mes parents s'entredéchirer jusqu'à la moelle très tôt dans ma jeune vie. Pourtant, y en a quand même qui viennent me voir et qui me disent quoi faire, comme si c'était aussi facile que ça. Je n'aime pas Mélissa mais je suis incapable de la laisser car elle est merveilleuse. Faut pas chercher plus loin.

— M'en vas te dire, j'ai l'impression que tu penses encore à Julie des fois. Et c'est pas bon.

Quoi ? Julie ? La Julie d'une autre Julie ? La Julie qui n'est même pas majeure, qui trippe avec sa blonde à Baie-Comeau, la Julie de l'été dernier ? Mange d'la marde, mon vieux. Faut toujours qu'il me sorte des histoires pourries chaque fois que j'suis heureux, c'te crisse-là…

— Ben oui, Julie, tu te rappelles ? La fille que t'as même pas été game d'approcher ? Celle avec qui t'as passé tout l'été ? Mais bon monsieur emménage à Montréal et hop ! deux mois plus tard, y a plus peur des filles, le p'tit J-F. Y a même une blonde qu'y tromperait apparemment à tour de bras ! On peut pas dire que tu vis dans l'passé, hein ?

Là, il marque un second point. La nostalgie n'est pas vraiment mon fort. Mais c'est vrai que j'ai changé de peau, Vincent. Je me suis ouvert la chair et j'ai pris le corps d'un autre. Non, Vincent, ce n'est pas celui du grand Bernard Derome. Mais si la tendance se maintient, je deviendrai peut-être quelqu'un de présentable, un jour, comme Bernie. Quelqu'un de recommandable. Pour l'instant, je suis dans le corps d'un tombeur, d'un *partymaker*, d'un hostie de *player*, et oui, j'ai oublié de quel corps je viens, espèce de gros cave, ça faisait vingt ans que je voulais changer d'peau et c'est sûrement pas pour coller mon ancienne au plafond de ma chambre pis la r'garder le soir avant d'me coucher. Toi aussi, t'as des yeux de mère, des fois.

— Elle est pas mal en vue, ta blonde, en passant. T'es vraiment très, très chanceux d'avoir une fille comme elle. Surtout après avoir levé le nez sur Julie. Et elle mérite pas de se faire jouer dans l'dos comme ça. J't'aime bien, J-F, mais c'est ça que j'pense.

Moi aussi, j't'aime bien, Vincent.

●●●

On est repassé à l'appartement pour prendre les affaires de Vincent, qui doit retourner à Sainte-Anne un peu plus tard. J'ai convenu de prendre une bière avec lui avant de le reconduire à la gare d'autobus de Longueuil. Il a l'air maussade. Je lui dois bien ça.

Alex m'attendait de pied ferme lorsque je suis arrivé. J'avais reçu une lettre de Julie. La Julie d'une autre Julie. Il connaissait l'histoire, il savait que ça me brasserait peut-être un peu. Il n'avait pas tort. Mais en même temps, à quoi ça me sert de penser à ça ? On passe à autre chose, on s'y fait, comme toujours. N'empêche, ça me renvoie dans mes souvenirs, cette maudite lettre.

CHAPITRE 2

MA VISITE DU GÉNÉRAL DE GAULLE

Sans manifester la moindre émotion, je décachette l'enveloppe devant Alex, qui me fixe comme si j'étais un taliban sur le point de se faire sauter devant lui. À l'intérieur, un petit mot et une photo. Elle habite Baie-Comeau, elle bosse comme serveuse dans un resto, elle est heureuse, voilà pour les grandes lignes. De grandes lignes que je savais déjà de toute manière, par l'ami d'une amie d'un ami. Sur la photo, elle pose avec sa copine, une autre Julie, et elles ont l'air d'être heureuses, mais bon, qui enverrait une photo de couple où les individus concernés semblent tout droit sortis d'Auschwitz ? C'était à prévoir.

— Et puis ? demande Alex.

Et puis rien. Elle semble heureuse. Moi aussi. Faut pas en faire un plat, ce n'est qu'une histoire d'amour qui s'est mal terminée, comme plein d'autres auparavant, et ça n'a jamais empêché les gens de vivre. La preuve : je suis heureux, et elle semble bien se porter de son côté. On a fait de bons choix.

— Elle va bien ?

Assurément qu'elle va bien. Le contraire m'aurait étonné. Qu'est-ce qu'il croit ? Qu'elle se suiciderait pour un mec ? Elle aurait été conne d'en faire autant, car il faut être foncièrement idiot pour croire que notre vie repose entièrement sur l'amour que nous porte quelqu'un. Et Julie, elle est tout sauf idiote.

— Bon… heureux que tu prennes bien la chose, alors.

Puis-je faire autrement ? J'assume mes choix, moi. Julie, je ne voulais pas d'elle car je croyais qu'il y aurait mieux en bout de ligne, et voilà, il y a mieux, il y a des penderies et des demoiselles, il y a des colocs et des manifestations, des fêtes et des fêtes, et tout ça vaut beaucoup mieux qu'une simple histoire de fille. On ne vit pas pour ses passions. Ça brûle et ça ne reste même pas.

Alex semble insistant. Il promène son regard de Vincent à moi à Vincent et à moi et ainsi de suite. Attend-il un *scoop* ? Connard. Pas foutu de se mêler de ses affaires trente secondes. Mais bon. Je lui en dois une. Alors je passe l'éponge.

●●●

Je ne me rappelle pas un anniversaire heureux. Du plus longtemps que je me souvienne, ils m'ont toujours mis mal à l'aise.

Chaque année de mon adolescence, mon père a organisé une méga fête qui s'étendait sur une semaine en plein cœur du mois de juin. Toute ma famille affluait des quatre coins du Québec pour faire semblant de m'aimer. Même ma mère y était, sans son nouveau conjoint, et elle passait la semaine à l'appartement de mon père comme dans le bon vieux temps, à faire comme s'ils s'appréciaient malgré tout. Ils s'embrassaient chaleureusement sur les joues, se serraient dans leurs bras et se demandaient des nouvelles dans le plus grand des respects, ça me puait au nez. « On met nos différends de côté », disaient-ils, comme dans une commission parlementaire. Je voulais bien, mais de là à faire comme s'ils étaient de vieux potes, ça faisait un peu trop anglo-saxon à mon goût. On aurait presque dit la commission Bélanger-Campeau.

Bon. J'exagère quand même un brin. Car dans les faits, nous ne nous réunissions pas seulement pour mon anniversaire, mais également pour celui de ma cousine Élise, pour la commémoration de la mort de ma grand-mère Béatrice et pour fêter le dixième anniversaire de mariage de mon oncle Jean avec ma tante Kim. Mais n'empêche, cet appartement symbolisait pour moi l'échec conjugal de mes parents. Il m'était donc impensable qu'ils puissent avoir envie de s'y retrouver alors qu'en ces mêmes lieux je les ai vus se détruire à petit feu, en tentant de se comprendre mutuellement. Pour finalement découvrir qu'il n'y avait rien à comprendre.

Car notre déménagement, le jour de mes six ans, avait pour objectif précis de sauver le mariage de mes parents.

Lorsque le 22 juin 1990 ils décidèrent de bouger à Sainte-Anne, mes parents n'arrivaient tout simplement plus à dialoguer. Ils n'étaient mariés que depuis huit ans que déjà ils en étaient à se quereller de manière stérile sur les fondements même de leur union. D'une part, mon père prétendait que maman était trop envahissante et qu'elle contrôlait beaucoup trop la destinée de la famille, les dépenses générales et l'espace que nous occupions, c'est-à-dire notre résidence à Brossard. Et ce, même si c'était lui qui gagnait le meilleur salaire entre eux deux. De l'autre, ma mère reprochait à papa ses sautes d'humeur, sa fougue disproportionnée et son idéalisme, le croyant incapable de gérer le portefeuille familial de manière saine et raisonnable. Elle croyait que les aspirations de mon père à une vie conjugale plus dynamique relevaient de ses fantasmes cinématographiques – papa visionne trois films par jour encore aujourd'hui – et qu'il devait apprendre à apprécier ce qu'il avait, et non à maudire ce qu'il n'avait pas. Mais voilà, une telle connerie, aussi anodine fut-elle, grugea mes parents jusqu'à la moelle, si bien qu'ils décidèrent de se retirer dans un appartement isolé à Sainte-Anne, non loin d'un lac, afin de s'offrir mutuellement un nouveau cadre conjugal dans lequel ils pourraient repartir à neuf, dans l'honneur et l'enthousiasme. Cinq ans plus tard, ils divorcèrent.

Mais voilà, le 22 juin dernier, c'était mon anniversaire. Alors on jeta l'éponge pour quelques jours. « *On met la partisanerie de côté* », fit une voix dans ma tête. Foutue politique.

Et exceptionnellement, en juin dernier, nous célébrions également le grand retour de mon cousin Alex, expatrié en France depuis près d'un an pour ses études.

Il était donc inévitable qu'il vole la vedette puisqu'il soulève les foules même lorsqu'il se gratte les couilles. Alex a le sens du spectacle, le sens de l'histoire. Je soupçonne même que, pour lui, frapper l'imaginaire est en quelque sorte un hobby. Qu'il aime l'idée qu'on puisse se souvenir de lui. P'tit mangeux d'marde.

Il était arrivé en soirée alors que toute la famille était là depuis deux jours. Entretenant le « mythe » de sa personne, il demanda à ce qu'on ne se rende pas à l'aéroport, histoire d'arriver par surprise et du coup créer une commotion à la sauce Alex. Avec une journée de retard, inutile de dire que la famille l'attendait de pied ferme.

Lorsqu'il foula le seuil de l'appartement de papa, les hurlements de joie fusèrent de toutes parts, comme s'il était plus grand qu'il ne l'était déjà. On se rua sur lui, on le bécota comme un gamin, il s'excusa de son retard puisqu'il était préalablement passé à son appartement afin de déposer ses affaires et prendre quelques verres avec ses colocataires. Puis, naturellement, il monopolisa la parole et fit rêver ma famille en relatant les hauts et les bas de son exil au pays du camembert et ce, à coups de grandes envolées lyriques dont lui seul avait le secret. Tous buvaient ses paroles comme du vin de bourgogne, moi le premier. Puis, il se tourna vers moi et me pointa du doigt.

— Toi, mon cher cousin qui deviendras un jour un membre influent de l'élite politique ! J'ai une grande nouvelle pour toi.

Tous se turent.

— J'ai discuté tout à l'heure avec mes colocataires et sache qu'ils n'ont pas d'objection à ce que tu prennes la chambre d'Alfonso, qui part en septembre. Alors voilà, toi qui te cherchais un premier appartement à Montréal, c'est maintenant réglé. Tu emménages avec nous. Tu es libre !

Tonnerre d'applaudissements. Vive le Jean-François libre. Mon père, ému aux larmes d'apprendre que son unique fils quitterait prochainement la maison et commencerait sa vie d'adulte, me serra longuement dans ses bras. On me félicita, comme si j'avais accompli quelque chose de grandiose, alors que, dans les faits, on m'avait simplement donné l'occasion de m'émanciper sans même que je ne la revendique. Alex m'avait raconté un tas d'histoires sur cette colocation multiple, des trucs que je n'imaginais possibles que dans les films. Les fêtes tardives et improvisées, les filles qui défilaient de chambre en chambre, l'euphorie constante qui régnait du matin au soir. J'étais comblé. Ma famille aussi. On sabla le champagne.

Ma mère me félicita poliment. Elle ne gâcherait jamais un événement d'une telle ampleur en affichant ses états d'âme.

●●●

Direction rue Saint-Denis pour mon gros Vincent et moi. Comme de vrais amis de longue date, nous n'avons rien à nous dire et nous nous emmerdons ferme, lui et moi. Mais c'est à ça que servent les vieux potes. À s'écouter penser en compagnie de quelqu'un.

Ainsi Julie se trouve à Baie-Comeau et elle sort avec une fille. Faut pas en faire un plat. Si ça se trouve, je n'aurais pu la satisfaire sexuellement, ma poitrine n'étant pas très proéminente. En fait, je ne devrais même pas penser à ça. Mais comme ce connard d'Alex avait forcé la note, comme d'habitude, c'était inévitable, j'allais me mettre à penser à toutes sortes de conneries qui n'en valent pas la peine. Comme à Julie. Comme à cette fête ridicule où Alex m'a annoncé ma « libération », comme s'il s'agissait d'une finalité. Il aurait pu s'agir d'un jour heureux, à vrai dire. Mais bon, la vie étant ce qu'elle est, je ne pouvais pas me réjouir de quoi que ce soit à l'époque sans en subir quelques contrecoups.

En effet, je surpris une discussion mouvementée la nuit venue entre ma mère et mon père, qui faisaient la vaisselle alors que ma famille et moi dormions tous un peu partout dans l'appartement de papa qui était somme toute assez grand. J'étais surexcité à l'idée de me pousser de Sainte-Anne une fois pour toutes, d'y laisser ma misère de vie et mon mal-être, et juste à l'idée de pouvoir visualiser un appartement, une chambre, une intersection, à des kilomètres de là, j'en bavais. J'en bavais tant que je n'avais même plus de salive, alors je me suis levé pour aller me chercher un verre d'eau. Et c'est à ce moment que je surpris mes géniteurs en pleine discussion de parents, comme dans le bon vieux temps.

— Je trouve ça complètement déplacé de la part d'Alex d'annoncer ça devant tout le monde. Ça se discute, ce genre de chose. C'est une étape importante dans la vie de Jean-François et en plus je paie pour ça. Alors j'ai mon mot à dire.

C'était ma mère.

— Eh bien, moi aussi, j'ai mon mot à dire, et je suis content en maudit ! C'est une belle place, c'est pas trop cher si tu tiens compte de la taille et de l'emplacement, et il va rencontrer du monde.

Et ça, mon père.

— Tu m'fais rire ! Y rencontre jamais personne ! Y a toujours été tout seul, y a juste un ami pis c'est le gros Vincent ! Tu penses qu'y va faire quoi avec six personnes qui ont dix ans de plus que lui ?

— Y va s'faire du fun. T'as jamais compris ça, toi, que le monde aime ça, se faire du fun ?

— C'est pas du fun qu'y va avoir, c'est du trouble. Au mieux, personne va lui parler pis y va se r'trouver tout seul dans sa chambre à déprimer comme d'habitude. Au MIEUX, c'est ce qui va arriver ! Parce qu'au pire, y va se laisser influencer par une gang de losers qui fument de la drogue pis qui font des manifestations pour rien ! Tu le connais, ton neveu Alex ! Y est ben drôle dans les partys de famille, mais c'est un fouteur de trouble ! Un p'tit crisse de punk !

— T'exagères. T'as jamais eu vingt ans, toi ? Parce que moi, à cet âge-là, je fumais des joints, je faisais de l'acide dans les concerts d'Harmonium pis j'étudiais pour devenir ingénieur et j'avais, madame, de très bonnes notes. Et du fun.

— Ben ton fils, je pense pas que c'est le genre à faire de l'acide pour performer à l'école, mon cher. Tu t'es pas rendu compte que c'est un rejeté de la vie ? Un mésadapté social ? Ton fils, y se fait tapocher, y braille pis y s'enferme dans sa chambre.

— C'est fini, ce temps-là. Tu le sais pas parce que tu vis pas avec lui. Moi, oui. Il sort de sa coquille, lentement mais sûrement.

— Je suis prête à lui payer son loyer au complet si y part tout seul dans un autre appartement. Toute sauf une maudite commune de hippies.

— Moi, ça me convient, la commune.

— On est deux dans cette histoire-là !

Typiquement maman. Quand on parle de mon cas, on est deux : elle et lui. Pas trois. Car je ne comptais pas pour un. Mais si ç'avait été le cas, nous aurions remporté, mon père et moi, ce débat à la con. Mon père et moi contre elle, c'est cinquante pour cent plus un, ça s'appelle la démocratie et c'est indiscutable. Mais bon… elle a finalement refusé de débourser le moindre sou pour mon loyer, se contentant de m'acheter quelques babioles inutiles et du matériel scolaire de temps à autre. Et tout ça pour mon bien, j'imagine. Car elle fait tout pour mon bien, ma maman. Même lorsqu'elle me méprise, c'est pour mon bien.

CHAPITRE 3
MA CRISE D'OCTOBRE

Je déteste causer de mon passé. Probablement autant que de politique. Franchement, je préfère penser à qui je pourrais être un jour plutôt qu'à celui que j'étais autrefois, ce qui est nettement plus encourageant. De toute façon, ressasser le passé ou débattre de politique, c'est du pareil au même. De longues envolées stériles, un échange de monologues où l'on reste sur ses positions, où chacun y trouve ses évidences et où, au mieux, on feint de trouver un consensus mou. Mon passé m'a fait, je sais comment il m'a fait, ça me paraît évident, le reste n'a aucune importance. Et plus les gens me connaissent, moins j'ai envie d'aborder ce sujet avec eux, car ils semblent toujours avoir une opinion bien précise sur ma vie personnelle.

Souvent, lorsque Vincent et moi parlons du passé, il y va de nombreux parallèles avec le monde de la construction. Comme il travaille chaque été dans ce domaine et qu'il n'a pas toujours un vocabulaire à la hauteur de son discours, il se sert souvent de ce genre de métaphore un peu boiteuse pour m'exprimer le fond de sa pensée. Il n'en demeure pas moins quelqu'un de très intelligent. Mais lorsqu'il aborde la question de mon passé, que je préfère mettre au rancart, il dit de moi que je suis comme une maison sans fondations et que j'utilise de vieux madriers pourris dans l'espoir de me construire rapidement. Trop rapidement à son goût, visiblement. Moi, je lui réponds que je suis comme un quatre-et-demi crasseux sous-loué à un prix exorbitant. Il ne l'a jamais comprise, celle-là. Moi non plus d'ailleurs.

Est-ce que cette propension à toujours vouloir parler du passé n'est qu'un phénomène d'époque ? Ou encore, ne serait-ce que la condition humaine dans son plus simple appareil ? Car après tout, la tradition, le respect de l'histoire, des aînés, de l'expérience, tout ça remonte à la préhistoire. On a toujours, depuis la nuit des temps, glorifié ce qui fut, souvent même au détriment de ce qui est. Et depuis l'ascension fulgurante de la psychanalyse, et donc de la pensée freudienne, on ressasse encore davantage son passé, mais individuellement cette fois-ci, au détriment de la mémoire collective. N'est-ce pas un peu malsain, ce rapport constant au passé ? Car somme toute, il semblerait que depuis la nuit des temps l'homme soit inapte à vivre au présent. Qu'il ait besoin de carburer épisodiquement à la nostalgie afin de résorber sa peur de n'être rien. Ne pourrions-nous pas simplement tout démolir et repartir à zéro ? Faire fi du passé une bonne fois pour toutes, et surtout du mien, et surtout du nôtre ? Bon. Peut-être que je délire un peu trop.

Ce qui est sûr, du moins, c'est que je n'aime pas fouiller dans mon passé, comme ça, pour rien. Je n'y vois aucune utilité. Quand on me questionne sur le sujet, je me plais à crier aux quatre vents que je suis né le jour au j'ai posé les pieds à Montréal. Que Sainte-Anne m'a gardé dans son ventre pendant vingt ans de gestation, et qu'elle m'a finalement éjecté si fort de son utérus que j'ai atterri ici. Et qu'avant ça, y a rien d'intéressant à raconter. Mais en vérité, je suis né quelques années auparavant d'une césarienne à la hache. Je suis sorti du cul d'ma mère.

Je suis né l'année de mes onze ans, un jour d'octobre. Le 30 octobre 1995, jour de rupture. Je suis né de ma haine pour moi-même, mais surtout, de ma haine pour elle.

Elle était là, assise sur mon lit, bien droite, avec ses maudits yeux de mère. Dans ses petites mains, mon journal. J'avais passé l'après-midi dehors, seul, à jouer au ballon. Et elle, cette salope de conne d'idiote de maman, elle était entrée dans ma chambre pendant mon absence, avait fouillé mes affaires et s'était tapé mon journal intime dans son intégralité. Et avec tout ça, elle trouvait même le moyen de me regarder avec ses maudits yeux de mère.

Elle n'avait pas vraiment besoin de parler. Ses yeux disaient tout. Mais comme une conne, elle décida malgré tout de m'exprimer en mots le fond de sa pensée.

— C'est dégueulasse, Jean-François. Vraiment dégueulasse.

Qu'est-ce qui est dégueulasse ? D'entrer dans ma chambre sans demander ? De fouiner dans mes choses ? Je n'avais pas de maison, pas d'appartement : cette chambre, c'était tout ce que j'avais pour me protéger du monde. Je n'avais jamais demandé une partie du salon ! Je voulais simplement que l'on me foute la paix dans ma chambre et que l'on n'y entre jamais. Mais pas moyen qu'elle comprenne, cette garce. Il fallait jouer selon ses règles, adopter son système, appliquer ses lois.

— Ton père et moi, on avait peur pour toi ! Tu dis plus rien, tu parles jamais, tu t'enfermes depuis des semaines dans ta chambre sans jamais en sortir ! On avait peur que tu fasses une bêtise ! Tu comprends, Jean-François ?

Bravo. On réparait une bêtise par une autre.

— J'croyais que j'te connaissais ! Que tu me cacherais jamais une telle chose ! J'croyais que t'étais mon fils !

Techniquement, oui, j'étais son fils. J'étais un jour sorti de son ventre, jusque-là c'était vrai. Mais je n'étais jamais sorti de ses jupes.

— Comment as-tu pu faire tout ça ? Comment as-tu pu ne pas nous en parler ? C'est malsain, Jean-François, terriblement malsain.

Oui, c'était malsain pour un jeune garçon de recevoir le sperme de ses voisins dans les cheveux. De ne pas en parler. De l'accepter et de l'oublier. C'était très malsain, en effet. Mais je me demandais s'il s'agissait bien de ce passage qu'elle décriait avec tant de verve ou s'il s'agissait plutôt de la suite. Celle où je racontais le moment où, par la suite, je me suis masturbé devant mon chien et où je lui avais éjaculé au museau, pour voir quel effet ça faisait d'être un salaud. Peut-être aussi parlait-elle de l'ensemble de mon œuvre puisqu'elle semblait avoir lu mon journal d'un bout à l'autre. Mais comment lui expliquer à cette conne ? Elle croit que c'est facile, à dix ans, de lui dire : « Maman, tout à l'heure, je voulais jouer au baseball, alors les garçons du voisinage m'ont battu, m'ont craché dessus, m'ont uriné dans les cheveux et ont fait quelque chose de drôle avec leur machin, maman, ils le frottaient comme une lampe magique, mais ce qui en est sorti n'était pas un génie, maman, ça sentait pas mal moins bon qu'un génie même si j'en ai jamais senti avant, de génie, mais je pense pas que ça sente la mayonnaise pourrie; en fait, maman, je pense que j'ai été violé, même si du haut de mes dix ans je ne savais pas trop c'était quoi, et même si aujourd'hui, un an plus tard, je n'en ai toujours pas la moindre idée; en fait, je te pose la question car je ne sais pas trop si c'est ça, maman, car je t'ai déjà vu faire la même chose avec papa et il avait l'air de trouver ça agréable, lui, et toi aussi, mais moi, je trouvais pas ça agréable du tout, maman, tu vois?» Bref, c'est même pas plus facile à dire qu'à faire, tellement c'est compliqué, tellement je cherche encore à comprendre comment cet événement m'a fait, m'a formé, ou plutôt déformé. Si j'avais été une fille, on aurait peut-être crié au scandale, mais comme j'étais un garçon pleurnichard, on se contenterait de dire «eurk!» et de ne plus jamais en parler. Ou de me dire que je suis une future tapette, donc, aussi bien m'y habituer. Du haut de mes onze ans, en tout cas, c'est tout ce que je savais. Qu'il valait mieux se taire, car un enfant, c'est mieux quand ça rigole dans un sous-sol que lorsque ça parle fort dans le visage de ses parents. Ah et puis merde.

— Tu me fais tellement honte.

Moi aussi, je me faisais honte, je n'avais aucunement besoin d'elle dans cette équation-là qui ne comprenait que la honte et moi.

Salope. Salope de vache.

Quoi faire? La tuer. Oui. La tuer. Tout de suite. La frapper avec quelque chose. Avec quoi? Mon journal?

Trop suspect. Et pas assez dangereux. La lampe ? Hors de portée. Autour de moi ? Il n'y a rien. Il n'y a que nous deux et je suis beaucoup trop jeune pour avoir physiquement le dessus sur elle. Sauf si je la prends par surprise. Un objet. Tout ce dont j'ai besoin. Mais il n'y a rien. Tout est loin. Tout est rangé.

Me taire. Oui. C'est ça. Me taire et oublier.

Non. Me taire, oui. Mais pas oublier. Cacher. Renier. Mais pas oublier. Je me souviendrai.

Désormais, je savais qu'elle savait. Elle était entrée dans ma vie comme on entre dans un *pawn shop*. Comme ça, pour fouiller. Elle s'en foutait éperdument. Pas moi.

J'ai dit que j'étais né d'une césarienne à la hache. J'ai oublié de mentionner que les coups de hache provenaient de l'intérieur.

●●●

Avec un certain recul, je crois que j'éjacule au visage de ma mère chaque fois que je me tape une fille sur un coup de tête, c'est-à-dire tout le temps. Car outre Julie, il n'y a eu que des coups de tête. Que des filles avec des yeux de mère. Comme Mélissa, ma copine que je n'aime pas et que je trompe sans vergogne. Une femme qui parle beaucoup, qui aime se sentir en contrôle de tout, qui ne lâche jamais le morceau. Qui ne comprend rien, qui n'essaie pas de comprendre non plus. Rien à voir avec Julie. Mais bon. Mélissa, je la laisse parler, tout simplement. Et le soir, lorsque c'est elle que je baise, je prends ma revanche. Elle domine ma vie, mais je domine le lit.

J'ai longtemps souhaité à ma mère qu'elle subisse la même chose que moi, histoire qu'elle comprenne bien de quoi il retourne. Il n'y a rien de sexuel là-dedans, ça ne me fait pas bander la nuit lorsque j'y songe. De toute façon, elle aussi, elle m'a violé. Elle m'a violé la vie. Mais bon. Je n'ose pas m'affranchir de cette pute de mère puisqu'elle me donne quand même du fric pour mes études, quoique trop peu.

Je n'ai su que plus tard que cet *évènement* avec les voisins avait contribué à accélérer le processus de divorce de mes parents qui semblait inévitable de toute façon. Disons simplement que ç'a amené son lot de tensions. Et je les comprends. Puisque avec un peu de recul, je n'aurais pas aimé avoir un fils comme moi. Chaque fois que je rentrais de l'école, mes parents remerciaient le bon Dieu de m'avoir épargné quelques taloches. Ils en ont passé du temps au bureau du directeur à discuter de mes problèmes d'intégration. À la rigueur, je trouve ça touchant qu'ils aient été si ébranlés par la *chose.* Ce n'est pas leur inquiétude qui me fout en rogne.

Seulement, à dix ans, lorsque je compris que je n'étais bon qu'à servir de tapis de porche pour les autres, j'ai pris ma chambre en otage. J'ai siégé. Je ne la quittais jamais sauf pour aller à l'école et au bout de deux mois à ne jamais croiser mes parents, sauf au déjeuner, ils se sont mis à paniquer. Et mon père, mou et insondable lorsqu'il fallait s'occuper de mes problèmes, a supplié ma mère de faire quelque chose pour remédier à la situation. Alors elle était entrée dans ma chambre, elle avait tout fouillé, m'avait lu, vaincu, et elle était repartie avec dédain et mépris.

Elle ne connaissait pas d'autre manière pour régler un différend que d'insuffler la peur et la honte. Si je ne faisais pas la vaisselle, j'avais droit aux menaces. Si je refusais d'obtempérer à ses ordres, c'était les menaces et le dédain. Du genre « quelle honte de t'avoir comme fils, et si tu ne t'actives pas immédiatement, tu seras privé de » je ne sais trop quelle connerie. Elle semblait croire que j'avais besoin d'un chef spirituel et que ce guide ne pouvait être personne d'autre qu'elle. Ce jour d'octobre où elle a défoncé ma chambre, elle voulait simplement me rappeler que c'était elle qui tirait les ficelles de ma vie. Car sans trop savoir pourquoi, elle était incapable de la moindre compassion à mon égard et ne respectait aucunement mes envies de solitude. Plus je me repliais sur moi-même, plus elle se mettait en rogne au lieu de tenter de me comprendre. Et l'isolement dans la chambre, c'était le comble du comble. L'ultime repli sur soi.

Je crois qu'au fond, elle n'avait pas apprécié que je l'écarte de la solution. Elle croyait qu'automatiquement cela faisait d'elle le problème. Peut-être qu'au fond, elle en faisait partie.

CHAPITRE 4
MA PRISE DU POUVOIR DU PARTI QUÉBÉCOIS

De l'autre côté de la rue Saint-Denis, un homme propose aux passants de leur chanter une chanson pour deux dollars. Un type grisonnant, l'air triste derrière son sourire, qui prétend vouloir nourrir son petit garçon de trois ans. Vincent et moi l'observons depuis une demi-heure. Tout le répertoire de Frank Sinatra a dû y passer. De la terrasse du *Be-bop*, nous l'entendons parfaitement malgré le brouhaha du centre-ville.

Plus qu'une heure avant le retour de Vincent à Sainte-Anne. Comme j'ai promis de l'accompagner à la gare d'autobus de Longueuil, nous tuons le temps qui reste à coups de bière pression et d'histoires maussades sur notre passé. Décidément, Vincent est nostalgique aujourd'hui. Je crois que le *Woody's* lui manque.

C'est alors que le troubadour traverse la rue et foule la terrasse du *Be-bop*. Sa première cible: notre table à Vincent et à moi. Évidemment.

— Bonjour mes bons p'tits messieurs! s'écrie-t-il. Écoutez, j'ai d'la misère à nourrir mon garçon ces temps-cittes, ça fait que j'vous propose un p'tit deux pis j'vous chante la chanson que vous voulez. Demandez-moi n'importe quoi, j'suis un vrai *juke-box*!

Vincent s'empare de son portefeuille et en sort une pièce de deux dollars qu'il tend à l'homme.

— Pas besoin d'chanter, l'gros.

Vincent lui sourit. L'homme aussi.

— Mon bon monsieur, vous pouvez l'garder, votre deux. J'quête pas, moi. J'travaille.

L'homme chantant fait soudainement volte-face et se dirige vers une autre table infestée d'étudiants. Vincent, lui, reprend son portefeuille et y range sa pièce de deux dollars. Puis, il relève la tête vers moi et je découvre alors ce rictus condescendant dont il a le secret lorsqu'il s'agit de faire sentir aux gens qu'ils ne valent rien, à ses yeux du moins.

— Y'é drôle, lui. Si y quête pas, y fait quoi?

Le troubadour se bute à une foule coriace. La vingtaine d'étudiants lui demande de chanter une chanson de Jean Leloup, cependant, il prétend ne pas connaître son répertoire. « Pas de Johnny, pas de deux piasses ! » s'écrie l'un d'entre eux.

— Y a-tu un numéro d'assurance sociale ? Peut-être ben que son employeur pourrait me l'donner, hein ? de reprendre Vincent, visiblement vexé.

Le troubadour prétend maintenant connaître une chanson de Leloup. Il s'exécute donc. Erreur : il s'agit plutôt de *La Maudite Machine*, du groupe Octobre.

— Crisse… si y en veut pas, d'mon deux piasses, m'a y garrocher en arrière d'la tête. Vieux sans-dessein.

Les étudiants se paient maintenant sa gueule. L'un d'entre eux lui fait remarquer qu'il s'est complètement gouré, à son grand désarroi. Le troubadour s'effondre donc sur la seule chaise libre de la terrasse alors que les jeunes se farcissent sa personne. Visiblement abattu, ce *juke-box* humain s'est malheureusement trompé de disque au mauvais moment.

C'est alors qu'il relève brusquement la tête. Étonnamment, il arbore un sourire radieux, claquant des doigts et tapant du pied.

— *Start spreading the neeeeews…*

Les étudiants se taisent.

Tous les yeux de la terrasse sont tournés vers cet homme qui entonne vraisemblablement la version de Frank Sinatra de *New York, New York*. Même Vincent cesse de se plaindre. De mon côté, je souris sans trop savoir pourquoi.

— *I want to be a part of it...*

Les gens claquent des doigts, tapent des mains. Certains passants de la rue Saint-Denis s'arrêtent devant la terrasse et jettent un coup d'œil amusé au spectacle qu'offre le troubadour, envers et contre tous. Mon regard se promène d'un visage à l'autre. Ça sourit, ça rigole.

— *I wanna wake up in a city, that doesn't sleeeeeep...*

Il se lève d'un bond. Les étudiants éclatent de rire, certains même applaudissent. Il y a de l'électricité dans l'air. On sent que tous se tiennent au bout de leur siège. Même moi! Je me suis surpris à vouloir bondir en même temps que lui. Les gens commencent peu à peu à entonner la chanson avec lui. Visiblement propulsé par cette attention soudaine, le troubadour y va de quelques pas de danse élégants et justes.

— *And If I caaaaaan... make it there, I'm gonna maaaaake it... anywhere!*

Un frisson me traverse le corps. Sinatra renaît de ses cendres.

— *It's up to you, Neeeeeew York...*

Et voilà le travail.

— *Neeeew Yooooooooooooooooooork!!!!!!*

Les gens se lèvent soudainement et applaudissent à tout rompre! C'est de la folie furieuse! Ça trinque, ça rigole, ça crie! Le troubadour, l'air triomphant, se promène de table en table la main tendue, récoltant au passage plusieurs pièces de deux dollars, remerciant son « public formidable » d'un jour. En passant près de nous, il pose une pièce de deux dollars sur la table et la glisse vers Vincent avec un clin d'œil.

●●●

Fidèle à son habitude, l'autobus pour Sainte-Anne est en retard, ce qui a pour effet d'étirer beaucoup trop longtemps une conversation déjà morte depuis une heure entre Vincent et moi sur ce qu'il appelle étonnamment le « bon vieux temps ». La scène de la rue Saint-Denis lui rappelait l'été dernier au *Woody's*, cet endroit éclectique qui nous a servi de refuge à lui et à moi, avant que mes études me poussent à m'enfuir vers Montréal. Des moments comme celui de tout à l'heure étaient monnaie courante à cette époque qui me semble pourtant déjà lointaine, même s'il s'agit d'il y a deux mois.

Je n'ai jamais compris pourquoi on commémore les défaites autant que les victoires, mon rapport au passé étant probablement aux antipodes des gens dits normaux, si normalité il y a. Je cherche mes réponses au présent et loin devant. Car penser aux fluides corporels de mes voisins me gruge autant que la commémoration de mon été au *Woody's* et c'est probablement pour cette raison que ça me semble dater d'il y a longtemps. Mais voilà, lorsqu'on me questionne sur mon passé en général, ou encore qu'on me ressasse quelques anecdotes poussiéreuses, je rétorque simplement que je me souviens, mais sans trop y croire. Et surtout, sans en parler. Je ne me souviens pas, en fait, même que je m'efforce de ne pas me souvenir. Car voyez-vous, l'été dernier aura été le point culminant de mon émancipation personnelle, et si j'y pense, je vais vouloir le revivre dès la seconde suivante. Et moi, la nostalgie, ça ne me dit pas. Je me balance du passé, autant que de la politique.

Mais Vincent, lui, ne vit pas les choses de la même façon. Rien ne le rattache au présent et même si c'était le cas, il ne pourrait jamais se satisfaire de ce qu'il vit, il faut toujours qu'il compare, qu'il ramène tout à un événement cimenté dans le temps et dans son imaginaire, et moi, ça me tue, ça me pue au nez, j'aimerais lui foutre une baffe lorsqu'il fait ça, lui éclater la gueule avec un bâton de hockey en lui hurlant de se taire, en lui disant « Tiens ! Ça te fera un souvenir de plus ! ». On verra par la suite s'il a envie de se rappeler. Mais bon, je le laisse parler, je joue le jeu, je reste calme, j'écoute. S'il fallait que je tabasse tous les nostalgiques de ce monde, ça nécessiterait beaucoup trop d'énergie et j'en ai besoin pour faire danser les filles.

Je suis néanmoins forcé de reconnaître que, suivant sa logique nostalgique, il a toutes les raisons d'y repenser constamment. Le *Woody's*, c'était chez nous, c'était notre place et tout ce que nous désirions, c'était ça : une place à nous, et la sainte paix.

À dix-neuf ans, nous avions enfin trouvé notre Klondike. Un endroit qui n'avait aucun sens, tant il était en marge de tout ce qui existait à Sainte-Anne. Il s'agissait en principe d'un vidéoclub spécialisé en cinéma de répertoire. Déjà, nous nous distinguions passablement de *Camil Chaussures* et de la taverne *Chez Robert*, nos deux voisins. Mais on y servait aussi des cafés, des sandwichs, des muffins biologiques, du potage, etc. À l'arrière, il y avait une micro salle (illégale) de projection qu'on pouvait louer à l'heure pour y visionner n'importe lequel des DVD de l'établissement. Quelques fauteuils miteux, quelques tables branlantes. Des musiciens hippies qui improvisaient des concerts jusqu'à la fermeture. De vieux clients qui radotaient des histoires abracadabrantes. Bref, le *Woody's.* Le patron de l'établissement se prénommait Mathieu. Il s'agissait d'un jeune homme de vingt-six ans qui avait brièvement œuvré dans le domaine cinématographique avant d'en avoir marre de travailler à la pige. Il était d'office seulement les lundis et racontait à la clientèle une pléiade d'anecdotes concernant ses expériences de tournage. On n'y comprenait pas grand-chose, mais on avait l'impression d'être ailleurs lorsqu'on l'écoutait, alors nous passions régulièrement lui rendre visite. Je lui vouais une admiration sans borne. Comment avait-il pu bâtir un tel commerce à son âge ? Un patron de vingt-six ans, pour moi, constituait un anachronisme. Childéric 1er avait été couronné roi des Francs saliens à vingt et un ans. Son fils Clovis 1er l'avait été à quinze ans. Et Mathieu régnait sur l'empire du *Woody's* à vingt-six.

Et il y avait Jérémy, ce connard de Jérémy. Je venais tous les jours avec un seul but en tête : lui piquer son emploi.

Sans trop savoir ce qui me prenait à l'époque – peut-être était-ce l'excitation de mon départ imminent pour Montréal –, j'avais vraiment envie de lui piquer son job, surtout qu'il s'agissait d'un foutu connard. Un grand sec un peu *nerd* qui portait de grosses lunettes rondes et qui passait son temps à lire sur le comptoir de la caisse sans se préoccuper de qui que ce soit. J'étais dans le commerce pour y trouver quelques films de la nouvelle vague française, étant dans un *trip* caméra à l'épaule et longues focales. Et la méthode de classement était fort douteuse : les films étant classés par réalisateurs, grands courants, pays, genre et par classiques. Où donc trouver *Hiroshima mon amour* d'Alain Resnais ?

— Ben voyons. Grands courants, section nouvelle vague. Tu connais pas ça ?

Bien sûr que je connaissais. Je connaissais plein de choses, comme l'envie soudaine d'éventrer un commis de vidéoclub avec un tesson de bouteille.

— Faut juste penser logiquement, de poursuivre Jérémy. Resnais n'est pas plus gros que la nouvelle vague, et un courant comme celui-là a été beaucoup plus déterminant qu'un seul classique dénué de son contexte. Donc, ce ne sera pas dans les réalisateurs ni dans les classiques. Pis surtout pas dans « drame », où on met toutes les petites merdes dramatiques sentimentales américaines de réalisateurs inconnus. Me semble que si tout le monde prenait la peine de se renseigner un peu, je n'aurais même pas besoin de bouger du comptoir.

Tout à fait. Mais de toute façon, tu ne sers déjà pas à grand-chose tellement t'as le charisme d'une brocheuse. Personne n'oserait t'approcher, toi pis ta face de pus. Va au diable.

— C'est quoi l'idée d'ouvrir une place de même à Sainte-Anne ? La moitié de la ville est analphabète.

Je voulais lui enfoncer ses lunettes de pseudo-intello dans la gorge et le regarder s'étouffer en chantant des chansons d'amour. Mais le point culminant fut atteint lorsqu'une cliente se pointa à la caisse avec un *remake* de *Psycho* signé Gus Van Sant.

— Tu pourrais le louer chez Vidéotron. Tant qu'à louer le *remake.*

— Ben là je viens tout juste de voir *Gerry* et j'avais envie de découvrir Gus Van Sant, mais je le connais pas beaucoup... répondit la jeune dame.

— Y a faite plein d'autres choses plus intéressantes qu'un remake, en tout cas. Tu devrais louer l'original, j'en déduis que tu l'as sûrement pas vu.

— Comment ça ?

— Parce que visiblement, t'es pas une grande cinéphile. Mais bon, je te pardonne, je sers un peu à ça, à éduquer.

Il m'enrageait. J'obliquai instantanément vers la terrasse, apostrophai Mathieu, le proprio, et lui demandai de m'embaucher. À « c'est Jérémy l'employé de la place », je rétorquai qu'il ne le serait plus pour très longtemps car il n'aurait pas le choix de m'engager. Au même moment, la cliente sortit de l'établissement avec une pile de dix DVD, tout sourire. Elle s'approcha de moi et me donna un petit coup de coude.

— J'ai loué tous les *remakes* que j'ai vus dans un rayon de trois mètres. Ça lui apprendra.

Elle poursuivit son chemin et disparut au loin.

●●●

Je voulais cet emploi plus que tout. Le *Woody's*, c'était chez moi, j'y traînais presque tous les jours et la seule façon de m'y sentir libre et de ne plus me taper la face de pus à Jérémy était de l'évincer. Alors le lendemain, dès l'ouverture, je me pointai avec un énorme sourire et je me dirigeai vers la cuisine, sans même saluer Mathieu et entrepris, en sifflotant d'un air joyeux, de laver la vaisselle que Jérémy n'avait pas faite la veille. Puis je lavai les tablettes en discutant avec les quelques clients présents sous le regard indifférent du grand Jérémy, flegmatique à souhait. Mathieu me laissait aller sans dire un mot.

Une cliente demanda à Jérémy s'il n'avait pas en sa possession les films de Wim Wenders. Pendant qu'il s'affairait à lui expliquer qu'il n'avait pas ces films en SA possession mais que le *Woody's* les avait fort probablement, qu'il n'était pas le proprio et qu'il ne s'appelait pas Woody donc que logiquement on ne pouvait pas parler de propriété individuelle dans le cas présent, je m'affairai à aller chercher *Wings of Desire* et tendis la copie à la dame sans omettre de mentionner que l'un des acteurs principaux était en fait nul autre que l'inspecteur Colombo en personne, ce qui ne manqua pas de la faire rigoler. Je marquais des points, lentement mais sûrement.

Au fil des jours, j'intervenais si souvent auprès de la clientèle qu'on en venait à s'adresser directement à moi et non à Jérémy lorsqu'on avait besoin d'informations. Ça ne semblait pas le déranger outre mesure. Il se maintenait bêtement au pouvoir, il était encore officiellement l'*Employé* du *Woody's* et tout ce qui lui importait, c'était d'être là. Il ne se sentait aucunement menacé. Il ne sentait pas le tapis se dérober lentement sous ses pieds, il ne me voyait pas le tirer tout doucement vers mes pieds à moi, et que bientôt je lui marcherais dessus, que je le confondrais avec les fleurs dudit tapis. Je jubilais rien que d'y penser.

Puis, au bout d'une dizaine de jours, la demoiselle est revenue avec sa pile de *remakes.* Lorsqu'elle m'a croisé, elle m'a demandé ce que je faisais là à récurer les chiottes, alors je lui ai répondu sans pudeur que j'essayais de voler le boulot de Jérémy. À cela, elle n'a rien répliqué, se contentant de m'observer d'un air amusé. En réponse à son silence, je me suis tu à mon tour. Avions-nous besoin de dire quelque chose après tout ? C'était somme toute anodin. Je ne voulais pas grimper l'Everest ni cuisiner le plus long hot-dog du monde. Je voulais un job, à un tel point que j'étais même prêt à tasser un connard de ma route pour y parvenir. Cet endroit, c'était chez moi, et pourtant, c'était lui le patron, le sous-chef, devrais-je dire. Plutôt mièvre comme histoire. J'aime bien me taire, mais j'apprécie d'autant plus les gens qui savent ne pas en rajouter inutilement. C'était agréable. Un long silence doux et rassurant.

Elle s'est approchée du comptoir et a raconté à Jérémy à quel point elle avait apprécié tous les films qu'elle avait loués et qu'ils étaient bien meilleurs que les originaux, qu'on devrait en produire davantage, vantant au passage les vertus du cinéma hollywoodien et des bonnes comédies grasses de collégiens en résidence universitaire. Il fallait voir l'entrain qu'elle avait ! On aurait dit qu'elle venait de découvrir le sens de la vie ! Et la gueule de Jérémy, qui tentait de fuir son regard... Je n'ai pas pu retenir un éclat de rire bien senti et bientôt, de violentes convulsions m'ont gagné, si bien que j'en ai déduit que je n'avais jamais connu le rire autrement que poliment. C'était donc vrai ? On pouvait rire au-delà de la sincérité ? On pouvait rire avec son corps ? De mémoire, je crois n'avoir jamais ri franchement, il me semblait que le rire n'appartenait qu'aux gens dignes de s'afficher devant les autres, j'en avais même développé une aversion et c'est ainsi que je m'efforçais de ne pas trop rire en public pour une question de soi-disant pudeur. Il me semblait même qu'on faisait exprès de rire, qu'il s'agissait d'une sorte de convention voulant qu'on doive paraître plus heureux que les autres, comme ces gens qui répondent toujours qu'ils vont bien lorsqu'on leur pose la question en exposant fièrement leur dentition parfaite et ce, même lorsqu'ils sont malheureux. J'ai déjà ri quelques fois avec une certaine franchise. Mais jamais au point d'en avoir des crampes comme ce jour-là où cette jeune dame m'a fait crouler par terre, hilare comme l'enfant que je n'ai jamais été.

Ma maman ne riait jamais. En fait, si, elle riait souvent, mais je n'ai jamais perçu ne serait-ce qu'une once de sincérité dans son rire et je crois avoir appris de cette femme que le rire n'est que façade, qu'il est avant tout expression et non introspection. On dit que le rire provient de l'intérieur, du bas-ventre. Mais maman, elle, ne riait qu'avec sa tête, et du coup, j'ai fait comme elle et je me suis mis à rire aux bons moments, à rire « décemment », car il ne pouvait en être autrement. On rigole d'une blague lorsqu'on aime bien son interlocuteur, on rigole lorsqu'on fait face à l'absurde, mais pouvait-on réellement rire pour soi ? Il semblait que oui. J'appris à rire en cet instant même, et du coup, sans être devenu rieur, j'étais capable de m'amuser, autre concept qui m'était jusqu'alors inconnu.

D'ailleurs, je n'ai jamais perçu une once de sincérité dans le rire de mes détracteurs lorsque j'étais gamin. Il me semblait qu'ils se confortaient, qu'ils se déculpabilisaient, car le rire est plaisir, et difficile de trouver du plaisir dans la destruction. J'imagine que l'anéantissement est un besoin pour certains, comme mes trois voisins, probablement avaient-ils besoin de me réduire à néant en m'aspergeant de leur fiel, mais avaient-ils du plaisir ? Je ne crois pas. Mais quel concept flou, le *fun*, on me gave avec le plaisir comme si dans son état pur il pouvait exister sans être altéré, alors que moi, j'ai souvent dit de ma vie qu'elle était amusante tout en sachant au fond qu'elle n'était que moins ennuyante.

●●●

Je ne ris plus aussi fort, mais j'y arrive encore, de temps à autre. Surtout avec les femmes, qui disent de moi que j'ai beaucoup d'humour. Certes, je blague souvent, mais je ne ris pas tant de joie que d'excitation. Mais au moins, je sais ce que c'est, maintenant, que de rire. Et d'ailleurs, quand le bus de Sainte-Anne se gara finalement devant nous et que Vincent y engouffra tant bien que mal sa carcasse obèse et maladroite, je compris très bien ce qu'il voulait dire lorsqu'il me dit qu'en cette seconde il n'avait pas le goût de rire. Il avait envie de passer à autre chose. Et n'est-ce pas là le lot de tous ces jeunes gens qui se savent sur le point de s'affranchir de leurs parents ? Même si nous ne savons pas tant où nous désirons nous rendre ?

Dans le métro, un jeune adolescent, une douzaine d'années au maximum, me lance quelques regards lorsque je ne le regarde pas, et vice-versa. Il semble s'emmerder, il a l'air maussade. J'ai envie de lui dire que ma vie est probablement aussi merdique que la sienne, mais ce n'est plus vrai. Je suis maussade, certes, car, que je le veuille ou non, Vincent me force à regarder derrière moi et ça ne me fait jamais plaisir. Mais sinon, je sais que ce métro me ramène à Montréal, dans cet univers dynamique et excitant. Ça bouge tant que je n'ai qu'à me laisser porter par le courant. Et même si je ne ris pas aussi souvent que l'été dernier, personne ne semble le remarquer et ça me réjouit.

À l'appartement, chacun m'accueille à sa façon, en fonction de son caractère. Alex, le *leader*, fonce vers moi et me tape amicalement les fesses. La mère poule me demande pourquoi je rentre si tard. L'emmerdeur me fait remarquer que je n'ai pas encore lavé la cuisine comme stipulé dans notre calendrier de ménage. La femme fatale me fait un clin d'œil. Le *partyman* me débouche une bière. Et la folle hystérique est au deuxième à se tâter les seins devant le miroir car elle croit avoir décelé une tumeur maligne. *Same old, same old.* J'y trouve un certain réconfort quand j'entre à l'appartement et que je peux prévoir la réaction des gens. Je n'ai jamais été un adepte de la perte totale de contrôle, j'ai toujours eu besoin de quelques repères ici et là, et le comportement prévisible de mes deux mille colocataires agissait en quelque sorte comme des balises dans ma nouvelle vie.

Il me paraît donc surprenant, avec un certain recul, que j'eusse été si fougueux lorsque je tentai de voler le job de Jérémy au *Woody's.* Nourri d'une pulsion non identifiable, je m'acharnai avec une ardeur que je ne me connaissais pas. J'étais hargneux, je carburais à la rage, il me fallait ce boulot, voilà tout. Mes films, mon café, mes clients, ma petite dame qui louait des *remakes* juste pour faire chier Jérémy. Maître chez moi.

Ce manège dura même près d'un mois. Jusqu'au jour où, prêt à entreprendre l'inventaire de la section « classiques », Mathieu m'attendait de pied ferme devant la porte, cigarette au bec.

— Jérémy ne rentrera pas aujourd'hui. Ni demain. Ni les autres jours. T'as la job.

Mon premier réflexe fut de lui demander pourquoi il l'avait congédié. Comme si ça importait.

— Écoute… si t'aimes mieux, je peux le rappeler.

Je sautai dans ses bras en riant comme une jeune écolière qui regarde les garçons à la sortie des classes.

●●●

Mathieu semblait m'apprécier. Je lui avais sauvé une tonne de fric en travaillant bénévolement durant un mois. Lorsqu'il était d'office, je venais lui donner un coup de main et je lui proposais quelques changements afin que son commerce attire davantage de clients. Si mes idées le laissèrent perplexe au début, il se mit peu à peu à les considérer plus attentivement étant donné son chiffre d'affaires plutôt dérisoire. C'est ainsi qu'on modifia la tarification afin qu'elle soit plus abordable, qu'on afficha des tops 10 de nos meilleurs films par genres, qu'on organisa parfois des soirées « apportez votre vin et votre instrument ». Tout le crédit lui revenait et je m'en foutais éperdument car je tenais à faire de cet endroit un joyeux bordel et non à susciter l'admiration de mes proches. Je travaillais à faire du *Woody's* la propriété de la clientèle, tout en assurant sa survie. Et j'y parvenais joyeusement bien.

— Félicitations ! T'as eu la *job* finalement !

Je sursautai à l'instant, tiré brusquement de mes rêveries alors que je nettoyais le carrelage de la terrasse. Il s'agissait de la demoiselle qui louait des *remakes.*

— Ça va faire changement de Jérémy, quoique j'aimais bien le faire chier d'une façon différente à chaque jour. Ça devenait stimulant, d'un point de vue créatif.

Elle était petite mais très mignonne, les cheveux noirs, la peau laiteuse et les yeux bleus. Un peu jeune, cependant. Non, pas jeune. Pas d'âge. Je ne savais pas. Difficile à dire.

— Peut-être que tu pourrais m'aider ? J'ai envie de voir des films québécois. J'y connais absolument rien, mais je me suis dit qu'il était temps que je m'y mette, justement !

J'étais charmé, je ne saurais l'expliquer. Elle me paraissait jeune et vieille à la fois. Elle avait des formes de gamine un peu rondes et délicates, et la désinvolture d'une femme qui en avait vu passer des belles dans sa vie. À n'y rien comprendre. Ça me charmait, en tout cas.

— Avec plaisir, mademoiselle, lui dis-je.

Ce qu'elle ne savait pas, c'était qu'en tant que fils de mon père, elle aurait droit à un très long monologue de ma part. Papa n'était pas seulement un cinéphile aguerri, il était aussi le plus fervent souverainiste à avoir jamais croisé ma route. Je devais bien être le seul garçon de mon âge à avoir vu tous les films de Gilles Carle. Sa fixation sur notre cinéma et son acharnement à m'en bourrer la cervelle jour après jour me servirait finalement à quelque chose.

Je commençai donc par lui parler un peu du sort du cinéma québécois depuis la Révolution tranquille. Nous venions tout juste de vivre la folie de 2003 l'année précédente avec *Les Invasions barbares*, *La Grande Séduction* et *La Face cachée de la lune.* J'avais donc passé les derniers mois à parfaire mes connaissances en vue d'un éventuel *boom* de popularité à l'égard de notre cinéma national. C'est ainsi que j'en vins à lui suggérer les films de Rodrigue Jean, de Robert Morin, de Robert Lepage et quelques documentaires de l'Office national du film, les Michel Brault, Pierre Perrault, Marcel Carrière, Gilles Groulx, Bernard Gosselin et compagnie. Tout sauf du Canuel ou du Binamé. Le tout, bien sûr, noté sur un bout de papier que je lui tendis fièrement.

— J'pourrai jamais voir tout ça. Y en a à peu près cinquante !

En effet, je lui en avais suggéré une masse, histoire qu'elle revienne tout l'été. Il ne pouvait y avoir trop de jolies filles dans les parages. Et franchement, je n'avais pas envie qu'elle reparte. C'était comme ça.

— Bon… tu risques de me revoir souvent durant les prochains mois. De toute façon, mon été s'annonce long et plate comme chaque été à Sainte-Anne.

Bingo.

— Moi, c'est Julie, en passant.

Enchanté. Moi, c'est Jean-François.

●●●

J'ai finalement compris pourquoi on dit « tomber » amoureux et non « devenir » ou « apprendre à être » ou je ne sais trop quelle autre expression populaire. On pourrait en discuter longuement et comparer différentes histoires entre elles, nuancer jusqu'à plus soif et se tirer les cheveux à tenter d'intellectualiser l'amour comme beaucoup trop le font par dépit : faute d'aimer viscéralement, faut-il aimer avec sa tête ? On « apprend » peut-être l'amour lorsqu'on analyse l'Autre, lorsqu'on soupèse longuement les pour et les contre, mais je crois qu'on « tombe » amoureux lorsqu'il s'agit d'une évidence qui, justement, se passe de mots. Certes, je pourrais analyser point par point en quoi la Julie des *remakes*, la Julie du cinéma québécois, m'a fait tomber devant elle comme on s'affale sur son lit lorsqu'on est exténué. Je pourrais vanter sa beauté, sa verve, le fait qu'elle fasse rire chacun de mes membres, qu'elle sente mon silence qui semble-t-il est également le sien, mais en cet instant où je tombai amoureux de Julie, je ne cherchai pas à comprendre quoi que ce soit à rien parce que ça me paraissait évident, tout simplement. Une association logique, mes tripes nouées aux siennes, l'évidence même.

Je pourrais raconter ce moment où je sus qu'il y aurait un « avant » et un « après », cette scène pivot, ce point de non-retour, mais vous verrez, c'est simple et con comme les plus belles romances. Avec de la vaisselle, des jurons et une cheville foulée.

Elle était de passage au commerce un soir afin de rapporter *Full Blast* de Rodrigue Jean, qu'elle disait avoir apprécié. Il était tard et j'étais sur le point de fermer boutique. Mais elle voulait louer un autre film, alors je lui proposai de m'aider à faire la vaisselle et en échange, elle pourrait prendre tout son temps après la fermeture pour trouver chaussure à son pied, ou plutôt DVD à son lecteur.

Une fois dans la cuisine à l'arrière, elle frotta frénétiquement chacune des assiettes avec hargne, m'expliquant au passage qu'elle détestait faire ça puisqu'elle se sentait comme une femme au foyer. Elle disait avoir peur de terminer ses jours comme sa maman qui n'avait jamais eu de boulot de sa vie et pour qui sa maison avait plus de valeur que les gens de son entourage. Je voulus prendre la relève et donc la dispenser de cette tâche mais elle insista pour tout nettoyer étant donné le marché que nous avions conclu. Alors nous nous sommes chamaillés autour de l'évier jusqu'à ce qu'elle trébuche et se foule la cheville. La Bible y passa au grand complet. Des jurons comme j'en avais jamais entendu jusqu'à ce jour ! Cette petite chose pouvait donc émettre de telles insanités ! Ça me semblait surréaliste d'entendre « Notre Dame des sept douleurs » en guise de cri de rage, provenant d'une bouche si fine ! Elle sacrait comme un charretier, les mains à la cheville comme si elle tentait de l'exorciser.

— Euh... pardonne-moi, je ne sacre pas souvent, mais des fois, ça me pogne en bloc...

Je m'esclaffai d'un rire violent et m'affalai au sol. Et en tombant par terre, je tombai amoureux.

●●●

Vincent Trudel me trouvait changé. Le sourire en permanence accroché au visage chaque fois que j'arrivais au boulot, le rire facile et continu, les blagues aux habitués. J'aimerais dire que j'étais quelqu'un d'autre mais en fait, je me sentais terriblement moi-même, à un iota d'être un Bernard Derome nouveau genre, utile et rassurant, unanimement apprécié par ses pairs. Monsieur *Woody's* : l'homme derrière le comptoir. Et tous les jours, en guise de récompense pour avoir été si jovial et courtois avec mes clients, Julie passait prendre un nouveau film québécois et traînait de plus en plus longtemps, ce que Trudel ne manqua pas de remarquer.

— Elle est *cool*, Julie. Pis belle aussi.

C'était vrai, mais j'en avais rien à foutre. Ça dépassait les mots, les constats. Une histoire d'amour juvénile où chacun de nos membres réagit à la présence de l'autre, comme une drogue injectable.

— Je dis ça comme ça, mais y me semble que je t'ai jamais vu avec une fille très longtemps, et… ben… tu serais dû pour que… pour que ça marche, pour une fois.

Peut-on réellement être « dû » pour ce genre d'histoire ? Peut-être que si, au fond. Peut-être est-ce un devoir ? On se doit d'aimer, de s'aimer soi-même du moins. Sinon, on n'existerait plus.

— En tout cas… je sais pas si tu lui plais, mais visiblement, t'es pas indifférent.

Je n'osai pas me prononcer là-dessus. Si je me permettais de m'avouer certaines choses, en revanche, je ne m'accordais point le droit d'espérer. L'espoir est un concept inaccessible aux perdants, comme peut l'être la musicalité pour les sourds. Mais j'étais néanmoins heureux de sentir mon corps vibrer pour quelqu'un, comme ça, pour rien. En aimant Julie, je crois que j'apprenais aussi à m'aimer.

CHAPITRE 5
MON LIVRE BLANC DU PROJET DE SOUVERAINETÉ-ASSOCIATION

Cela faisait trois semaines que je travaillais six jours sur sept. J'étais définitivement l'homme du *Woody's*. Un chez-moi emprunté, certes, mais ce n'était que temporaire, me dis-je. Bientôt, j'aurais enfin ma place à moi, quelque part, loin de mes voisins, de ma famille, de cette ville de merde. Enfin, je pourrais passer à autre chose et oublier ces vingt années d'apitoiement qui résumaient jusque-là mon existence.

Me voici arrivé à un moment décisif, me disais-je, à un carrefour. Après des années de discussions, de crises familiales, de fantasmes et de projections, le temps était venu de choisir librement ma destinée. J'avais acquis la conviction que mon épanouissement, comme individu, exigeait la transformation de ma situation actuelle en une vie nouvelle au sein de laquelle je jouirais de tous les pouvoirs et privilèges d'un adulte libre de ses choix. Cette nouvelle vie, d'égal à égal avec mes interlocuteurs, était la seule voie qui correspondrait à mon passé, répondrait aux exigences de mon présent et permettrait mon progrès futur.

Et ça passait par un appartement à moi. Ailleurs.

Je rêvassais à ma nouvelle vie depuis des heures, debout derrière la caisse, en observant via l'entrée principale les clients qui allaient et venaient. Un homme dans la cinquantaine aux cheveux poivre et sel. Un punk de treize ans tout au plus. Un couple de trentenaires élégamment vêtus. Un joli bordel, comme d'habitude. Pendant ce temps, Vincent Trudel, encore lui, mon seul ami, accoudé au comptoir, me complimentait sur mon café.

— Crisse… on dirait un restant de diarrhée.

Depuis mon premier jour de boulot, je n'étais que rarement seul dans le commerce. Si ce n'était pas Vincent qui traînait près du comptoir, c'était Mathieu qui passait raconter ses histoires aux clients, ou Manuello qui abusait de mon écoute.

Et bien sûr, il y avait Julie. La Julie des *remakes*. La Julie du cinéma québécois. La Julie du *Woody's*. La Julie aux cheveux noirs. Sa cheville tardait à guérir depuis qu'elle se l'était tordue en lavant la vaisselle. Elle revenait presque tous les soirs en boitant avec ma liste de suggestions, louant ses films un à la fois. Elle les rapportait généralement le lendemain à six heures du soir et repartait vers dix ou onze heures avec un nouveau film québécois inscrit sur la liste. On causait d'un peu de tout. Mais tous les soirs à la même heure, elle partait précipitamment, prétextant qu'elle devait rentrer chez elle afin de visionner le film qu'elle venait de louer. Elle prétendait qu'elle avait de la difficulté à s'endormir une fois passé minuit. Donc, elle commençait ledit film à onze heures, s'endormait à minuit et le terminait au déjeuner. Ce qui voulait dire qu'il ne lui arrivait que rarement de regarder un film d'un trait. Je lui avais alors dit que c'était comme regarder la moitié gauche d'une peinture un soir et l'autre moitié le lendemain. Elle me rétorqua que c'était plutôt comme prendre une pause pendant qu'on fait l'amour pour augmenter le niveau de désir. Impossible de répliquer quoi que ce soit à ça.

Ce jour-là, cependant, c'était le jour de Trudel et de sa tasse de diarrhée. D'ordinaire, Trudel est optimiste et imposant de par sa verve et sa pugnacité. Mais cette fois, il semblait complètement affaissé.

— J'ai eu mes notes. Je coule partout. Surtout en français.

Pauvre gars. Coincé à Sainte-Anne pour un autre trimestre. Pour ma part, tout allait rondement. Une chambre m'attendait en septembre dans la métropole. J'allais étudier les sciences politiques. Un choix boiteux, moi qui n'en avais rien à battre de la maudite politique. Mais comme je n'avais rien d'autre à faire de ma vie et que je me débrouillais bien dans ce domaine…

— J'ai décidé de changer de programme. J'me suis inscrit en sciences humaines. J'pourrai jamais passer mes cours sinon. J'suis plus capable des sciences de la nature.

Je lui versai au même moment une autre tasse de gastro. Il faut comprendre que sans cet homme je serais fort probablement mort à l'heure actuelle. Après un passage houleux à l'école primaire de mon quartier, où je me fis tabasser et intimider durant sept ans, mon passage à l'école secondaire ne s'annonçait pas très prometteur. Si la tendance se maintenait, j'allais probablement finir mes jours piétiné par les deux mille étudiants de l'École secondaire James-Laporte et je me serais transformé en tapis de porche, tout sale et brun. Heureusement, on prenait le même autobus et on s'était tout de suite remarqué. Moi, on me traitait de tapette. Lui, de gros *roastbeef.* Sauf qu'il avait le pouvoir de faire taire des détracteurs d'un seul coup de poing. Pas moi. Il m'avait donc épargné quelques taloches jusqu'à ce que, sept ans plus tard, le temps finisse par faire son œuvre. Lui était devenu étrangement populaire à force de se bagarrer avec les autres élèves et de remporter ses combats. Moi, eh bien… on m'avait oublié et on s'était attaqué à d'autres faibles comme moi. Je n'étais pas apprécié de mes pairs pour autant. Mais j'étais au-dessus de la mêlée, loin des conflits, bref, à l'image de Bernard Derome, je faisais mine de ne me ranger dans aucun camp et cela m'évita un calvaire prolongé. Ça ne m'empêchait pas de vouloir quitter Sainte-Anne à tout prix et de ne plus jamais y remettre les pieds par la suite.

— Tu vas-tu revenir à Sainte-Anne pour me voir au moins?

Je répondis par l'affirmative, sachant très bien que je préférais compromettre ma relation avec cet homme plutôt que de renouer avec mon passé. Il y avait malheureusement une limite à notre amitié. J'avais la ferme intention de me refaire coûte que coûte. Alors désolé, mon vieux, mais si je pars, ce ne sera certainement pas pour revenir.

●●●

Plus le temps filait, plus mon départ imminent pour la grande ville m'obsédait. Certes, je passais un été merveilleux au *Woody's* à flâner avec mon meilleur pote, à flirter sobrement avec la jolie Julie. Je me sentais à l'abri de mes voisins. Il me semblait inconcevable qu'ils puissent entrer dans ce commerce et me faire le même coup à nouveau.

Il n'y avait qu'en ces lieux où je ne me retournais pas constamment de peur qu'ils ne surgissent de je ne sais où. Car d'ordinaire, je marchais, dans la rue, dans les corridors de la polyvalente, dans les bars, avec la crainte permanente de me faire casser la gueule pour rien à nouveau. Et de me faire couvrir de foutre par la suite. Depuis l'âge de dix ans, je ne vivais que dans l'anticipation de mon départ définitif. J'avais donc toutes les raisons du monde de saliver d'impatience.

Et pourtant, non. Je n'arrivais point à me résigner à considérer Julie comme un simple flirt estival. Même si, pourtant, c'était bel et bien de cela qu'il s'agissait.

●●●

Il y avait ce type que tout le monde détestait à Sainte-Anne, un certain Manuello. Notre « troubadour » à nous. Il disait à qui voulait l'entendre qu'il avait été élevé par des Italiens, que pour lui la *famiglia*, c'était sacré, bla bla bla. Un jour, j'avais dû lui demander une preuve de résidence avec photo pour lui ouvrir un compte de location de films au *Woody's*. Son permis de conduire répondait au nom de Pierre Tremblay.

Pierre « Manuello » Tremblay débarqua dès mon premier jour complet de travail et se mit à nous raconter, à Vincent et à moi, son adolescence en Italie, à Rome (évidemment… connaissait-il une autre ville ?). Avec son accent du Lac Saint-Jean, il se mit à nous raconter ses premières amours avec sa cousine Mathilda. Bien sûr, Vincent et moi, nous étions morts de rire.

Mais outre ses anecdotes fictives et incestueuses, Manuello savait aussi chanter et jouer de la guitare. Et boire. Et faire tout ça en même temps. Si bien qu'un jour, lorsque ses histoires de cousine se corsèrent, il me demanda la permission de boire dans l'établissement, histoire de se mettre dans l'ambiance. J'acceptai. Il revint avec une caisse de Molson Ex et se mit à trinquer et à nous raconter ses histoires torrides, grattant sa guitare en guise d'accompagnement.

Très vite, l'endroit se remplit, si bien qu'à un certain moment, je décidai de mettre la clé dans la porte et d'inciter les spectateurs à aller chercher de la bière. Julie, ma Julie du cinéma québécois, débarqua avec une copie du *Confort et l'indifférence*, de Denys Arcand. Elle ne boitait plus et me le fit remarquer par quelques maladroits pas de danse. Élan de folie passagère : je lui demandai de rester avec nous. C'était un jour où tout me semblait possible.

— Je veux bien, dit-elle, mais tu dois me promettre une chose en échange. Je veux que le prochain film de la liste, tu le regardes avec moi dans la salle de projection à l'arrière, après la fermeture. Parce que moi, si je ne dors pas à minuit, je ne dors pas de la nuit.

Marché conclu.

Au même moment, un énorme « oooohhhhh ! » retentit dans la pièce. À voir l'air fier et souriant de Manuello, le visage dégoûté des spectateurs, et à entendre le rire proéminent de Vincent, je compris que Manuello venait peut-être de livrer un détail un peu trop croustillant au sujet de sa cousine…

Puis, l'un des spectateurs sortit son tamtam et entreprit d'accompagner Manuello qui se démenait comme un fou sur sa guitare. Ce dernier tenta d'improviser une chanson aux saveurs d'Italie, mais son accent du Lac Saint-Jean fit de son spectacle une véritable blague musicale. Nous croulions par terre de rire.

Un peu plus tard dans la soirée, Vincent se posa près de moi avec une Molson Ex dans les mains, un brin euphorique.

— Je l'sais pas si c'est moi, mais la p'tite Julie, là, elle a l'air de te trouver pas mal de son goût finalement.

Le classique. Il me semblait qu'à chaque fois que je discutais plus de cinq minutes avec une fille, il y avait toujours quelqu'un pour venir me balancer cette réplique-là. D'ailleurs, ce n'était généralement pas le cas, car je ne plaisais pas aux femmes à l'époque. Seulement, cette soirée-là, j'avais envie d'espérer quelque chose. Alors je levai ma bouteille et la claquai contre la sienne.

— Si ça marche, ça va te faire une raison de revenir de temps en temps à Sainte-Anne.

Bon. Il n'avait peut-être pas tort là-dessus.

●●●

À minuit et demi, j'avais foutu tout le monde à la porte. Le petit commerce avait fait un bon profit en fin de compte : nous avions presque doublé nos gains habituels puisque, je ne sais trop pourquoi, il y avait eu une ruée généralisée sur les muffins biologiques parmi les spectateurs. Et Manuello avait englouti tout notre potage aux brocolis.

Julie m'avait donné par la suite un coup de main à la vaisselle pendant que je nettoyais le plancher. Je pouvais voir mon reflet par terre et, en me regardant, je me mis à penser que j'étais peut-être enfin sur le point de m'en sortir. Comme si, tranquillement, ma vie changeait du tout au tout. Je jetais les hypothétiques balises de ma vie nouvelle, de mon existence renouvelée, et j'y croyais dur comme fer. Je me tournai alors vers l'évier et regardai longuement Julie. Cette fille que je connaissais depuis peu mais qui me rendait fou sans que je comprenne pourquoi. J'étais plein d'espoir. Je n'avais pas envie de courir, de vivre à cent à l'heure, de foncer dans des murs de briques ou quoi que ce soit du genre. J'étais plutôt… serein. Oui. C'est ça. Je me sentais bien, je ne désirais pas bien plus que ce que j'avais sous la dent en ce moment : un été plein de promesses et de belles choses simples. Comme de passer la serpillière pendant qu'une jolie inconnue frottait les assiettes un peu plus loin. Et je me mis soudainement à penser à ma mère. À ce soir d'octobre où elle avait violé mon espace. Puis, à mes voisins qui avaient violé mon corps, ma dignité. Et je me demandai tout à coup si je devais continuer à vivre les choses comme je les vivais dans le moment, ou plutôt vivre en anticipant une chute. Tout n'allait-il pas s'effondrer d'un instant à l'autre ? Tout m'avait toujours filé entre les doigts depuis toujours. Et là, comme un idiot, je m'attachais à ma vie. À mes espoirs. À mes rêves.

— *Le Chat dans le sac*, de Gilles Groulx, ça t'irait? J'aime bien les chats, moi.

Julie m'extirpa du plancher. J'étais en train d'y couler entre les lattes.

Je rigolai intérieurement à l'idée de voir son visage pantois, à la fin du film, lorsqu'elle s'apercevrait qu'il n'y était aucunement question de chat mais d'identité québécoise. Moi, la politique, l'identité, ça m'emmerdait au plus haut point. Mais j'aimais bien les films en noir et blanc et, si la tendance se maintenait, je sentais qu'elle prendrait l'habitude de regarder d'autres films avec moi d'ici la fin de l'été. De plus, le duo Claude Godbout/Barbara Ulrich valait franchement le coup.

●●●

— J'ai bien aimé, je crois que c'est mon préféré de la liste jusqu'à présent.

Bon choix. Dans mon cas, *Le Martien de Noël* était difficile à déloger.

— Tu crois que le Québec va devenir un pays un jour?

Si elle avait pu s'imaginer à quel point je me foutais éperdument de sa question. Je la regardais plutôt du coin de l'œil, morceau par morceau. Sa petite nuque. Ses toutes petites épaules délicates et blanches. Ses bras, un peu boudinés mais minces. Ses cheveux noirs comme du goudron. Ses tout petits seins, fermes et tout en hauteur. Et ses yeux, ses maudits yeux bleus à se perdre dedans pendant des années.

— Tu as l'air pensif, Jean-François.

Oui, ma jolie. Ma jolie Julie.

Bien sûr, j'étais pensif. Je pensais à elle. Je pensais à une femme qui était à côté de moi. Ça m'arrive souvent, d'ailleurs. De penser à des choses qui sont dans ma face. Et d'y penser longtemps, jusqu'à ce que le train passe. Merde, j'étais décidément fait pour les études universitaires.

— C'est drôle, j'ai l'impression que t'en as de caché dans ton fond. Que si j'creuse, j'vais trouver des choses qui ne sont pas très jolies.

Évidemment, rien d'aussi joli qu'elle. J'ai les yeux de ma mère et le sperme de mes voisins coule dans mes veines. C'est pourquoi je me transformerai en serpent, un jour. Que je tenterai de mordre quiconque s'approchera de moi et de lui injecter mon poison, dans la bouche comme dans le vagin. C'est pourquoi j'ai peur de toi, Julie. J'ai peur de te contaminer, de te faire fondre de l'intérieur. Ne me fais jamais l'amour, je te bourrerai la fente de tous mes maux, de tout mon mal-être.

Elle prit ma main et la posa sur ma propre poitrine. Pourquoi ? Je n'en savais rien et n'en sais toujours rien à ce jour. Mais lorsque j'enfonçai mes yeux dans les siens, je me mis à pleurer comme un enfant ; comme l'enfant que j'étais ; comme la tapette que j'étais aux yeux de mon professeur de deuxième.

●●●

Je tentai par la suite d'inclure Julie dans mes plans. Il était inconcevable à ce moment que je la quitte aussi brusquement à la fin de la période estivale. Certes, une profonde volonté de changement m'habitait et la facilité voulait que je quitte Sainte-Anne pour ne plus jamais y revenir, tout simplement. Ce qui équivaudrait à renouveler sans renouveler. Mon mode de vie changerait drastiquement, mais au fond de moi, je serais toujours la même personne, je traînerais toujours les spectres de mes voisins sur mon dos.

Seulement, avec Julie, je découvrais la possibilité de me rebâtir de l'intérieur. Plus je caressais le rêve d'être avec elle, et plus je réalisais qu'il y avait de fortes chances qu'au contraire ce soit plutôt en grandissant à ses côtés que je parviendrais à la rédemption. Certes, il y aurait quelques années de turbulences économiques. On ne prend pas le bus vers son passé trois fois par semaine sans que ça affecte son portefeuille, ses études ou sa vie sociale. Je perdrais du temps, de l'argent. Ce ne serait pas spectaculaire, comme si je faisais la fête dans la grande ville tous les soirs. Mais grâce à elle, j'avais appris le rire, le plaisir, l'amour, et ça vaudrait toujours mieux qu'un pichet de bière supplémentaire dans un quelconque bar de la rue Saint-Laurent.

Cela dit, je tergiversais, encore, toujours. Il me restait l'été pour y penser. Mais comme un con, évidemment, j'allais tenter d'y penser le moins possible.

●●●

Fin juillet 2004. La chaleur, aux yeux de tous, était insupportable. Mais moi, j'ai toujours adoré les périodes de canicule, surtout adolescent, car elles faisaient transpirer les filles dans les classes et je m'imaginais toutes sortes de choses.

Toutes les fenêtres du *Woody's* laissaient entrer l'air et deux ventilateurs industriels fonctionnaient à plein régime depuis l'ouverture. Plus tôt le matin, j'avais fait escale à Montréal dans mon futur appartement afin d'y déposer mes premiers effets personnels avec l'aide du cousin Alex. Ça sentait le redépart. Une belle journée.

Julie venait maintenant tous les jours et ne loua plus un seul film. En fait, elle passait ses journées avec moi et m'aidait à la vaisselle à la fin. Souvent, nous écoutions un film à la tombée de la nuit lorsqu'à la fermeture du commerce nous nous réfugions dans la salle de projection à l'arrière. De temps à autre, Vincent débarquait avec des copains et on discutait d'un peu n'importe quoi. On fabulait sur ma vie montréalaise. J'étais le premier de la bande à quitter pour la grande ville, ils étaient tous jaloux.

Avec Julie, j'en vins à consommer un nombre faramineux de films durant l'été et du coup, je devins un véritable expert en cinéma québécois. On me demandait conseil de plus en plus fréquemment à ce sujet d'ailleurs, surtout depuis qu'on voyait la face à Denys Arcand partout à la télé. Comme il n'y avait qu'un client à la demi-heure, je prenais tout mon temps, je donnais beaucoup de détails sur chacune de mes suggestions. Je vendais ma salade, quoi. Julie se moquait allègrement de moi, me comparant à un vendeur chez un marchand d'automobiles usagées, qu'il ne me manquait plus que la roulotte et le chapeau de cowboy. Je lui rétorquai à la blague que j'avais déjà, au moins, une femme pour faire ma vaisselle, et donc la moitié du chemin de parcouru. Elle me frappa « amicalement » le bras en guise de réponse et je sentis son amitié durant une bonne semaine au niveau de l'épaule droite.

Un jour, j'appris qu'elle avait quinze ans et je m'en fichai éperdument. C'était la plus vieille femme de quinze ans du monde. Nous avions parlé de tout et de rien, je connaissais ses peurs, ses bassesses, ses défauts… À quoi bon m'en faire avec des détails aussi idiots que notre différence d'âge ? Du moins, c'est ce que je me disais à ce moment-là. Car Vincent, lui, m'accusait à la blague de faire du détournement de mineure. Pourtant, je ne l'avais même pas touchée.

La canicule de la fin du mois de juillet déborda jusqu'en août. Pourtant, Julie et moi, nous nous enfermions dans le *Woody's* et n'en sortions que très tard le soir, et après s'être tapé un film, nous nous promenions dans Sainte-Anne jusqu'à ce que je retourne à l'appartement de mon père, à deux pas de là. Un soir, où elle n'était pas là, cependant, j'en vins à ressentir un étrange sentiment : de l'inquiétude. Il me semble qu'il s'agissait de la toute première fois où je m'inquiétais pour quelqu'un d'autre que moi.

Je crois qu'il s'agissait d'un jeudi. Il était minuit et je n'avais pas fait la vaisselle car c'était toujours elle qui la faisait, même si ça la faisait rager. Je me disais que si je ne la faisais pas, elle n'aurait d'autre choix que de venir la faire.

Mais elle n'arriva jamais.

Ni le lendemain.

Ni le surlendemain.

Au bout de trois jours, elle débarqua tout juste au moment où je m'apprêtais à mettre la clé dans la porte. Comme d'habitude, elle était jolie et ses yeux étaient toujours plus bleus que bleu. Mais elle ne souriait pas. Elle avait plutôt les yeux pleins de nuages. Je pris donc sa main et la posai contre sa propre poitrine. Et elle se jeta dans mes bras et pleura durant toute la nuit.

Elle m'avoua m'avoir fui durant trois jours et tenta tant bien que mal de m'expliquer le pourquoi du comment. Elle n'y arrivait pas. Elle sanglotait, je ne comprenais rien de ce qu'elle disait ; ou presque. Mais je crois que nous comprenions néanmoins la même chose malgré tout. Car du peu que je percevais, je crus saisir qu'elle prenait conscience que nous ne pourrions voguer en duo sur cette idylle encore bien longtemps. Qu'il y aurait une fin impitoyable et qu'elle était inévitable. Ce n'est pas comme ça qu'elle l'a dit. Mais c'est comme ça qu'elle l'a sangloté. Et je partageais malheureusement son avis. Encore une fois, il y a de ces choses qui ne s'expliquent pas.

CHAPITRE 6
MON PREMIER RÉFÉRENDUM

— Monsieur Woody's!

Vincent me saluait toujours de la même façon depuis quelques semaines. Mais cette fois-ci, voilà qu'il me prit par surprise:

— Madame Woody's...

Il s'inclina théâtralement devant Julie, qui ne pouvait pas pâlir davantage puisqu'elle avait d'emblée le teint naturellement laiteux. Mais moi, je rougis instantanément. Trudel se moquait depuis peu de mon inaction face à Julie mais il s'agissait de la première fois qu'il le faisait devant elle.

Je venais tout juste de laisser un préavis de deux semaines à Mathieu, mon patron, puisque quinze jours plus tard la rentrée universitaire battrait son plein. Et du coup, cet événement marquerait ma rentrée montréalaise. Donc bye-bye Sainte-Anne. Et qui sait, peut-être bye-bye Julie? Bye-bye Julie que je n'ai jamais touchée. Bye-bye Julie que je n'ai pas même embrassée.

— Ça vous tente-tu de regarder un film d'horreur tout à l'heure? Genre *The Shining*? On annonce un orage cette nuit, ça serait vraiment malade, proposa Vincent.

— Ben… c'est qu'il nous reste un film de notre liste à regarder, dit-elle.

— Vous me faites rire, vous autres, avec vos films québécois, répondit-il.

Il eut finalement gain de cause. Car lorsque l'orage éclata, après toutes ces étouffantes journées de canicule, nous crûmes que le ciel allait se déchirer au-dessus de nos têtes. Un film d'horreur s'imposait donc, et franchement, même si j'avais vu *The Shining* cent fois, l'air louche de Jack Nicholson me glaça d'effroi dès l'intro, en entrevue à l'hôtel Overlook.

Puis, à trois heures du matin, lorsque nous sortîmes pour regagner nos domiciles respectifs, Vincent proposa de rentrer à pied, même s'il était en voiture cette nuit-là. Il pleuvait abondamment. Mais il faisait si chaud que c'en était presque plaisant.

Julie fut la première à atteindre son domicile, elle qui demeurait encore plus près du commerce que moi.

Je me retrouvai donc seul avec Vincent, qui s'empressa de me traîner dans le parc pour « parler ». Il continuait de pleuvoir des cordes et nous continuions à nous en foutre éperdument.

Étrangement, même une fois au parc, Vincent ne prononça pas un seul mot avant un certain temps. Il marchait d'un pas décidé entre les haies de cèdres qui bordaient les nombreuses allées asphaltées et il nous y entraîna sans hésitation dans un silence franchement angoissant. Pendant un instant, Jack Torrance se tint devant moi. Mon esprit me jouait des tours. Étais-je dans la scène finale de *The Shining*? Allait-il se retourner subitement et me planter sa hache dans le sternum?

— Bon, là, mon gars, je sais pas si tu sais, mais tu es en train de faire comme si t'avais pas de choix à faire et c'est très con.

Bang! Coup de hache en plein cœur.

— Tsé, ça dépasse Julie, ton problème. Ça dépasse le fait qu'y a une fille pas mal *cute* qui attend juste que tu sautes dessus. Ça dépasse le fait que tu la verras peut-être plus jamais parce que t'as pas voulu t'essayer.

Il retire la hache en posant le pied contre ma carcasse frétillante de convulsions. Casse-moi en deux, Jack. Force cette brèche, que je m'échappe enfin de ce corps.

— C'est que t'as un problème, pis là, j'pense que t'es parti pour le traîner toute ta vie si tu fais pas un *move* d'ici quinze jours.

Oui ! Plus fort, crisse ! Fesse-moi donc ! Casse-moi ! Que j'sorte de mon corps pis que j'me refasse !

— C'est que tu te choisis pas, Jean-François ! Tu te choisis jamais ! Tu fais toujours le contraire de ce que t'as le goût ! Crisse ! Elle attend juste ça, c'est dans la poche, tu serais heureux… t'as juste à dire OUI ! T'as juste à te choisir, maudite marde ! À t'assumer un peu ! Pourquoi t'as toujours peur d'être heureux, hein ? Pourquoi tu vises toujours le minimum, hostie ?

Il me poussa légèrement. Comme il pesait près de trois cents livres, je tombai presque à la renverse.

Je vis dans les yeux de Vincent quelque chose d'inhabituel. Un truc que je n'avais jamais perçu auparavant. Peut-être le sentait-il ainsi depuis des lustres et que je venais tout juste de m'en rendre compte cette nuit-là. Peut-être pas. Mais dans ses yeux il y avait une certaine forme de mépris. C'était comme s'il me détestait et m'adorait en même temps. On s'est regardé comme ça de longues minutes. Il me faisait penser à ma mère.

Puis, je rentrai chez moi et tentai d'oublier tout ça. Et je n'ai plus jamais écouté *The Shining* depuis ce temps.

●●●

Plus que six jours avant le grand jour. Montréal m'espérait et je sentais sa circulation lourde dans mes veines et ses chantiers de construction qui vibraient dans mon sternum à mesure que les secondes s'égrenaient, comme si j'étais moi-même en reconstruction. Et comme à chaque fois qu'il faut bâtir, on doit creuser pour couler les fondations. Alors, je creusai. Je creusai loin. Toute ma vie défilait devant moi, de mes premières baffes à mon premier baiser, de maman à Trudel, de mes bassesses à mes prouesses. Je creusais à mesure que je sentais l'heure des choix qui approchait. Je savais quand, mais je ne savais pas comment. En fait, je ne savais pas à quoi répondre. C'était comme s'il y avait trop de questions à la fois, comme si tout m'échappait devant un si grand nombre de possibilités. Je déroutais. Et donc, le statu quo s'avérait un choix logique devant cet amalgame d'avenues possibles mais incertaines.

Plus que cinq jours, maintenant. J'avais la nausée, je ne mangeais pas, je me défonçais dans mon travail, le *Woody's* n'avait jamais été aussi propre. Julie passait, me trouvait bien nerveux, et moi, je lui répondais que c'était le déménagement qui me tracassait. Trudel rôdait autour de moi et me regardait d'un œil sévère, et moi, bien moi… moi… je lui renvoyais ses yeux sévères.

Plus que quatre jours. Julie et moi en profitâmes pour regarder le dernier film québécois de notre liste. Il s'agissait d'*Un crabe dans la tête*, d'André Turpin. Un film sur un type qui veut plaire à tout le monde et qui ne fait jamais de choix personnel, qui ne se prononce jamais sur rien et au bout du compte tout lui passe sous le nez. Tiens tiens…

Plus que trois jours. Je ne mangeais toujours pas, mais qu'à cela ne tienne; je me suis tourné vers les cigarettes. Il me semblait que les fumeurs de Peter Jackson sur la terrasse du *Woody's* avaient toujours une solution parfaite pour remédier à leurs problèmes, à leurs angoisses… et cette solution s'appelait Peter Jackson. Pas le cinéaste, bien sûr.

Deux jours. Ma vie défilait sans interruption. Tout y passait, de ma première pizza double fromage à mon dernier *milkshake*. Ça faisait des flammèches arc-en-ciel, comme un train qui freine pour ne pas dérailler. Vers quoi je fonçais? Si seulement j'en avais eu la moindre idée…

●●●

Ç'a commencé à six heures, dès le début de mon quart de travail.

D'abord, Trudel s'est pointé avec quelques clients réguliers et un gros gâteau sur lequel se trouvait une affreuse réplique en glaçage à gâteau du stade olympique, histoire de bien me rappeler que je partais pour la grande ville, avec ses avantages comme ses inconvénients…

Puis, les musiciens qui traînaient toujours dans le commerce sont venus pimenter la soirée avec un *jam* collectif, en prenant bien soin de laisser à Manuello une chanson en solo, une véritable farce sur sa Rome natale.

Finalement, Julie et Trudel me traînèrent dans une voiture où deux amis à lui occupaient les sièges conducteur et passager. Les pneus crissèrent, « les rouges s'éteignent et on roule », comme aurait dit l'autre.

C'était l'heure d'aller choisir.

●●●

Bar *La Martinique*, deux heures du matin. Autour de moi, une vingtaine d'individus, majoritairement des clients réguliers du *Woody's*, buvaient à ma santé. Ça souriait, ça riait, ça chantait. C'était le genre de soirée chaude où tout le monde décide de transpirer en même temps et que ça ne dérange personne. D'ailleurs, Trudel, fait rarissime, était torse nu, laissant découvrir ses rondeurs sans aucune pudeur. Je m'étais surpris à le trouver beau, dans sa façon d'être plus beau qu'il ne l'était vraiment. Je m'étais même dit, au fond de moi, qu'il était l'homme que je voudrais être, un jour. Fort. Direct. Intelligent. Charismatique. Et qui faisait peur lorsqu'il devait faire peur. Comme Jack Nicholson.

La Martinique, c'était le nom que portait le bar du quai. Il s'agissait en fait d'une halte maritime avec quelques chambres, un bar, un restaurant, une piscine, un jacuzzi et des quais. Peu fréquenté par les gens du coin, c'était notre secret bien gardé, à Trudel et à moi. Ainsi, il avait décidé de m'y emmener pour ma dernière nuit avant mon grand départ.

Je passai donc la majeure partie de ma soirée à remercier tout le monde d'être venu aussi régulièrement au *Woody's*, d'avoir pimenté mon été de leurs histoires rocambolesques, d'avoir été le cœur et l'âme du commerce et de ma vie ces derniers mois, bla bla bla, etc.

Moi qui ne parlais pas beaucoup d'ordinaire, j'y allais des plus longues tirades à l'endroit des gens présents, histoire de ne pas trop penser à elle : Julie, assise à côté de moi, et qui était si belle que j'avais envie de me lancer dans le fleuve afin d'y refroidir mes ardeurs.

Je demandai donc une Peter Jackson à quelqu'un et décidai d'aller me balader sur les quais. Un peu de recul me donnerait peut-être le temps qu'il me fallait pour choisir. À quelques minutes de cette prise de position, tout me paraissait subitement très clair. Je savais désormais quel choix je devais faire.

Les vagues flattaient les orteils des rochers, les bateaux ronronnaient comme des chatons. Un petit vent d'ouest me cajolait la nuque. Un bref instant de lucidité.

C'était clair. C'était elle ou Montréal.

Et je choisirais Montréal.

●●●

Seuls au bout du quai, elle et moi. Les larmes ruisselaient sur son visage. Pour ma part, je tentai de tout prendre en silence. Debout. Droit. Un homme.

— Bon… je vais devoir m'y faire, je crois. Mais je m'y attendais un peu.

Oui, Julie, nous devrons nous y faire, nous devons tous nous y faire, tout le temps, pour tout. Tu ne le sais peut-être pas, du haut de tes quinze années, mais plus on vieillit, et plus on doit « s'y faire ».

— Tu sais, je t'aurais vraiment aimé, Jean-François. N'en doute jamais.

Eh bien moi, tu ne le sauras peut-être jamais, mais je t'ai aimée dès le jour où j'ai vu que tu n'avais pas d'âge, que tu n'avais jamais été jeune, ni vieille, que tu étais là, tout simplement, et peu importait comment. Je t'ai aimée dès la seconde où tu m'appris à sourire.

— Et même si je ne suis pas sûre de comprendre ta logique, je la respecterai. De toute façon, tu es à une étape de ta vie que je ne comprends pas, que je n'ai jamais vécue. Tu dois savoir mieux que moi de quoi il retourne.

Si tu savais, Julie. J'ai simplement eu peur d'être pris ici, j'ai même dit à Trudel que je ne reviendrais jamais à Sainte-Anne de toute ma vie. Que je voulais que cette ville saute avec tous ses habitants. J'ai envie de regarder en avant, de ne plus jamais penser au passé. Je ne veux plus d'attache dans cette ville de merde. Demain, je serai moi, je serai mon propre maître. Du moins, je l'espère.

— Je ne t'oublierai pas, Jean-François. Mais toi, de la façon dont tu parles, je crois bien que tu vas m'oublier assez rapidement.

Elle se mit à sangloter. Moi, je ne parlais pas. Je m'étais plutôt mis à pleurer moi aussi. Qu'y avait-il d'autre à faire, c'était triste et ça ne pouvait être autrement.

J'aurais aimé tout lui expliquer plus clairement. Mais je peinais à structurer mon discours. Je devais paraître incohérent. Trop de ressenti. De métaphores boiteuses. De bras qui gesticulent dans tous les sens. En fait, le tout aurait pu se résumer à quelque chose comme: désolé, Julie, mais si je décide de t'aimer, je sais que je vais rester ici avec toi, le temps que tu finisses ton secondaire, ton cégep, que tu entreprennes ta vie d'adulte, car ce serait bien trop difficile de commencer cette nouvelle vie là-bas sans toi; et moi, ma belle Julie, eh bien, sache que si je reste ici une seconde de plus, je vais craquer, je vais me répandre partout entre les lattes du quai et me déverser dans la mer, je serai toxique et je contaminerai cette ville de ma mauvaise humeur, de mon manque d'ambition, et après, qui sait, peut-être que je n'aurai même pas le courage de partir avec toi quand tu en auras envie, car après tant d'années à te voir grandir j'aurai peut-être pris des mauvais plis, je serai devenu tout plissé en fait, qu'il faudrait me repasser et me ranger pour de bon, c'est ça, bon pour un tiroir; qu'à force de ne rien faire et de te regarder grandir et devenir encore plus belle, je ne deviendrai rien, rien de plus qu'une autre pâte molle admirative de sa trop belle blonde, ouais, et tu sais quoi, Julie, je pense même que si je reste ici seulement un jour de plus, je vais me transformer en compost tellement je serai mou, puant, gluant et que je ne servirai à rien d'autre qu'à faire grandir les gens autour de moi comme le purin fertilise les champs, tant j'aurai l'air petit, alors je pars, Julie, je pars pour Montréal avec la ferme intention de ne jamais revenir ici ni pour toi, ni pour moi, ni pour personne, car je ne veux rien y laisser, je ne veux plus rien savoir, Julie, j'en ai marre, tu comprends; marre de me faire battre, de me faire injurier, de me faire tordre le cœur et de trouver ça normal, j'en ai marre d'être le faire-valoir de tous les gens qui m'entourent et de l'accepter; j'en ai marre de traîner un gros sac plein de grosses roches sur mon dos, et là, parole de gars frustré, je vais m'refaire, ma Julie, je vais m'refaire pour de bon, de la tête aux pieds en passant par mes gosses, je vais me vider sur la terre entière et plus personne ne se déversera sur moi, plus jamais, ce sera moi le salaud, et je ne veux pas que tu voies ça, je veux que tes yeux soient encore aussi bleus que possible, aussi bleus et purs que ceux de la plus belle femme de quinze ans du monde, et je t'aime trop pour que tu me voies devenir ce que je m'apprête à être, et en même temps, j'ai besoin de passer par là, un point c'est tout, ça ne s'explique pas.

Bon. Je ne lui avais heureusement pas balancé cette dernière réplique. Mais j'espérais que mon haussement d'épaules avait suffi à véhiculer mes émotions.

— J'imagine donc que c'est la fin, en un sens, non?

Retour brutal à la réalité. Je crois qu'elle me sentit divaguer.

Elle me prit la main et m'embrassa entre deux jointures.

— J'aimerais quand même te dire… à la prochaine fois.

●●●

Le lendemain, je partis très tôt pour Montréal en compagnie de mon cousin Alex. Il avait loué une bagnole pour l'occasion, histoire de me trimballer partout dans la grande ville. Nous avions célébré dignement ma venue officielle dans la métropole par une tournée des bars qui débuta dès l'après-midi et qui se conclut par une fête quelconque près du métro Jarry. Éméché comme pas un, je me retrouvai dans les bras de la seule femme présente, qui était aussi saoule que moi : Mélissa, qui allait devenir très rapidement ma copine. Une belle fille qui ressemblait à tout le monde, qui faisait du vélo et qui aimait les soupers entre amis. Dès le premier baiser, je savais que je ne l'aimerais pas. Mais je savais aussi que c'était mieux ainsi. Non ?

PARTIE 2

CHAPITRE 7
MA NUIT DES LONGS COUTEAUX

Il observait depuis près de cinq minutes ce corps inerte, couvert de sa propre semence, lorsque la prostituée le tira de ses rêveries afin d'encaisser son dû.

C'est à ce moment qu'il prit réellement connaissance des lieux. Il se savait dans un hôtel, certes, et se doutait fort bien qu'il ne s'agissait point d'une chambre luxueuse. Seulement, la voix flegmatique avec laquelle la prostituée lui rappela le prix des opérations le ramena brusquement à la réalité. Lorsqu'il lui tendit la liasse de billets, Jean-François lui demanda si elle aimait son boulot, ce à quoi elle répondit, lasse, que ça lui servait à son autre boulot, et qu'il s'agissait d'un mal nécessaire.

— J'essaie d'écrire un livre sur ma condition de pute, dit-elle.

— Bonne idée, répondit Jean-François, tout le monde a un livre à écrire, je crois.

— Oui, dit-elle, mais le problème, c'est que je n'en suis pas une. Je fais de la recherche, en quelque sorte. Je m'efforce d'être une pute car je n'ai jamais fais ça auparavant. En fait, si. Mais jamais en tant que profession. Plutôt pour le loisir. Tu comprends ?

— Euh… non. Même que je ne comprends absolument rien. Pourquoi vouloir écrire sur la pute que tu es alors que tu n'en es pas une à la base ?

— En fait, je crois que nous sommes toutes des putes, d'un certain point de vue.

— Eh bien je ne sais pas si toutes les filles sont des putes, mais en ce qui te concerne, tu me sembles en effet très naturelle.

Elle lui sourit ; il lui rendit la pareille. Puis il partit avec un goût amer dans la bouche, celui des sécrétions vaginales de cette femme, mêlées aux cigarettes, à la bière, et à l'humiliation d'avoir, pour la première fois, eu recours aux services d'une prostituée pour assouvir ses bas instincts.

Dehors, un ballet de neige se donnait en spectacle, mais Jean-François lui préféra une gamme de pensées morbides. Comme ses bas humides et froids, qui lui congelaient les pieds jusqu'aux os. Comme cet affreux mélange de saveurs infectes qui lui coulait dans la bouche. Comme Mélissa, cette femme qu'il disait ne pas aimer, et qui l'attendait chez elle pour plus tard dans la soirée. Pour beaucoup plus tard, puisqu'il devait initialement passer une partie de la nuit à jouer au poker avec des camarades de l'université. Seulement, en cours de route, il eut cette étrange envie de se payer les services d'une prostituée. « Pour voir ce que ça fait », pensait-il. Depuis qu'il s'était établi dans la métropole, il s'était façonné des histoires dans son esprit où il s'inventait une vie mondaine, façon bohème, dans laquelle il s'adonnait à une sexualité débridée digne d'un oiseau de nuit. Malheureusement pour lui, ses premiers mois dans la métropole avaient été plutôt calmes et sans histoires. Il passait plutôt ses soirées dans sa chambre à s'écrire une vie. Cette nuit-là, cependant, il en décida autrement.

Et dès lors, il se trouva au beau milieu d'une rue à bordels avec de longues heures à tuer. Il échoua donc dans un *fast-food* miteux, s'arrima à une banquette et commanda une poutine et un Pepsi. Un restaurant typique des environs, où banquettes et chaises de bois se côtoyaient le long d'un interminable comptoir, où quelques exemplaires du *Journal de Montréal* appâtaient les clients solitaires, le temps d'un café filtre supplémentaire. De sa poche, Jean-François sortit une enveloppe dans laquelle se trouvait une lettre écrite à la main et une photographie. Toutes deux provenaient de Baie-Comeau.

L'enveloppe était décachetée. C'est qu'il avait lu cette lettre une dizaine de fois depuis sa réception et la traînait toujours avec lui. Il y avait plusieurs semaines, il avait pour la première fois reçu des nouvelles de Julie, un amour raté. Des nouvelles qui l'ébranlèrent passablement. En fait, quelques jours à peine après le départ de Jean-François pour Montréal, elle décida de partir en sens inverse, vers Baie-Comeau, chez sa tante qui y possédait un restaurant où elle pourrait bosser comme serveuse malgré son jeune âge. Sainte-Anne ne lui disait plus rien et ses parents ne s'étaient pas objectés à son exil puisque de toute façon elle était si triste, suite au départ de Jean-François, qu'ils avaient cru qu'un changement d'air lui serait bénéfique. Une fois installée en Côte-Nord, elle y avait rencontré un garçon, mais ça ne mena à rien. Puis une fille, avec succès. Et donc, sur la photo, elle posait, tout sourire, en compagnie de celle qu'elle croyait être « la bonne ». Une certaine Julie, elle aussi.

Jean-François était passablement démoralisé, mais demeurait incapable de ne pas relire cette lettre, de ne pas revoir ce visage qui semblait avoir vieilli très vite selon lui. Il espérait y trouver un détail manquant, une phrase qui lui avait échappé et qui prouverait hors de tout doute qu'il ne s'agissait que d'une mauvaise blague.

La serveuse qui était d'office ce soir-là dans le *fast-food* le tira de ses rêveries.

— On n'a plus de Pepsi. Tu veux un Coke à la place ?

— Bah… ça goûte la même chose, dit-il sèchement.

— Ce n'est pas vrai ça. En tout cas, moi, je ne trouve pas.

Il leva les yeux vers elle, puis les baissa.

— Tu as l'air mort. Tu devrais peut-être manger autre chose que de la poutine. Ce n'est pas très bon après le sport.

— Qu'est-ce qui te dit que je viens de faire du sport ?

Elle s'esclaffa d'un rire aigu et saccadé. Lui, de son côté, en profita pour regarder son énorme poitrine qui semblait vouloir se tirer hors de son décolleté. Il lui donnait peut-être trente-cinq ans, quarante tout au plus. Mais il lui trouvait un certain charme, comme à toutes les femmes d'ailleurs.

— Eh bien… ton visage est tout rouge, tu es en sueur, et à vrai dire, tu ne sens pas très bon !

Il planta donc son regard dans le sien et la défia d'un sourire en coin.

— Dans ce cas, si j'empeste à ce point, je pourrais peut-être utiliser ta douche après t'avoir fait l'amour.

Elle lui sourit sans le quitter des yeux, écartant au même moment une mèche de cheveux rebelle qui lui tombait sur le front.

— Tu les attrapes toutes comme ça, Don Juan ?

Il lui saisit la main et y posa ses lèvres.

— Non. D'habitude, je les laisse tout simplement venir à moi.

Tous les deux se mirent à rire bruyamment. Autour, les clients s'impatientaient de voir l'unique serveuse du restaurant flirter avec un client, au détriment des autres.

— Si tu es sérieux, sache que j'habite à deux coins de rue, mais je termine dans deux bonnes heures.

Il s'étonna tant de sa réaction qu'il en perdit instantanément son sourire.

— Alors, le jeune ? Grand parleur, petit faiseur ?

●●●

Il observait le corps de la serveuse de la même façon qu'il regardait la prostituée quelques heures plus tôt. Avec la même incompréhension. Avec le même constat d'échec.

Il aurait pourtant dû se réjouir du déroulement impromptu de cette soirée. Car ce n'était expressément que pour cette raison qu'il avait décidé d'emménager dans la métropole. Julie était sa seule histoire, sa seule romance. Il croyait donc qu'en cumulant les histoires insipides d'un soir, elle se diluerait dans ses souvenirs jusqu'à ne devenir qu'une vague rumeur. Et pourtant non. Même après ces deux femmes en quelques heures, il ne parvenait toujours pas à l'oublier. Même qu'il y pensait davantage.

La serveuse lui demanda finalement de respecter leur pacte. En effet, elle lui avait fait promettre qu'il lui dirait son âge – qu'il lui cacha sans raisons particulières – si elle acceptait de coucher avec lui.

— Vingt ans.

— Je le savais, dit-elle.

— Et toi ?

— Trente-huit.

— Je le savais, dit-il.

Il posa son regard sur ce corps aux formes généreuses et la complimenta d'un air désintéressé. Elle le remercia avec tout aussi peu d'engouement.

Dehors, la neige tourbillonnait toujours avec autant de vigueur. Comme l'appartement de la serveuse était plutôt vieillot, seuls les craquements des planchers de bois arrivaient à interrompre le souffle continu de l'hiver qui s'époumonait sur la ville depuis près d'une semaine sans interruption.

— Pourquoi as-tu couché avec moi ? lui demanda-t-il, soudainement, au beau milieu d'un silence.

— Parce que mon mari revient demain soir ! dit-elle en riant.

— Et tu fais ça avec le premier venu, comme ça, qui t'accroche au boulot ?

— Tu n'es pas le premier venu, jeune homme ! lui répliqua-t-elle. Même que je sais que tu n'habites pas le quartier car tous les hommes des alentours m'ont proposé, directement ou indirectement, de partir avec eux après mon quart de travail. Mais je ne le fais jamais. En fait, c'est la troisième fois que cela m'arrive en dix-sept ans de vie conjugale.

— Alors, pourquoi moi ?

— Parce que tu avais du *guts* et que tu es allé à l'essentiel. Tu me semblais en avoir tellement envie et en même temps, dans ta grande assurance, tu me donnais l'impression d'être plutôt inexpérimenté en matière de drague et je trouvais ça charmant. Et c'est toujours plaisant de voir que l'on attire de jeunes hommes même à mon âge.

Elle saisit quelques mouchoirs et épongea le sperme qui formait un lac au bas de son dos. Il la regardait d'un air amusé et se demandait si sa mère avait fait la même chose à son père. Tout ce qu'il savait de la rupture de ses parents n'était qu'un vague souvenir où, un mois après le référendum de 1995, sa mère avait quitté son père et ne lui avait donné que très peu de nouvelles par la suite, sauf pour des questions monétaires. Et qu'elle avait à l'époque à peu près le même âge que la serveuse qui se trouvait nue devant lui ce jour-là.

— Toi, pourquoi as-tu accepté de venir ici ?

La question le fit tressaillir. Il n'était pas question pour lui de dire la vérité.

— On a une relation… ouverte, ma copine et moi.

— Je sais, dit-elle, tu l'as dit au restaurant. Mais pourquoi est-elle « ouverte », comme tu dis ?

L'envie de ne jamais répondre lui traversa l'esprit. Mais, poussé par le désir de se convaincre lui-même, il se prêta au jeu dans une tirade sans fin qui dura près d'une heure. Une argumentation basée sur la fougue de la jeunesse, sur l'envie de vivre sa nouvelle vie, sur l'effet de nouveauté que lui procurait Montréal, sur la vie qu'il tentait d'effacer.

— Mais es-tu heureux là-dedans ? Je veux dire... est-ce que tu t'épanouis, ou tu te détruis ?

— Et toi, répliqua-t-il sèchement, tu t'épanouis ou tu te détruis ?

— Ne détourne pas la question, mon garçon, car je pourrais te casser en deux.

Elle le regardait d'un air sévère, un air qu'il ne supportait pas. Un regard qui lui rappelait celui de sa mère, le jour où elle avait lu tout son journal intime en un après-midi. Il détestait sa mère à tel point qu'il rageait chaque fois qu'il décelait chez une femme un quelconque élément pouvant lui rappeler sa génitrice, particulièrement les regards réprobateurs.

— Eh bien, si tu veux savoir, lui dit-il, notre relation n'est pas officiellement « ouverte ». Elle le sera sous peu, je l'espère. En fait, j'ai abordé le sujet avec elle hier et j'attends toujours une réponse de sa part.

— Et j'imagine, à te voir aller, que tu tiens pour acquis qu'elle acceptera ?

— Elle n'a pas le choix. Depuis que je l'ai rencontrée, je baise avec n'importe qui dans son dos.

Il savait que c'était faux, mais il ne put s'empêcher de lui raconter ce fait inexact. Il le faisait quotidiennement par ailleurs, se prenant même à croire à ses propres mensonges. Depuis son enfance, Jean-François rêvait de changer de peau et il avait investi beaucoup d'espoir dans sa venue à Montréal. Il croyait, en fait, qu'il pourrait y repartir à neuf, mais très vite il s'était aperçu qu'il n'arrivait pas à changer, qu'il était toujours le même à vingt ans comme à dix. Il n'avait rien à raconter sauf une tonne d'histoires maussades, et donc, il s'inventa une vie qui ne lui appartenait pas afin de s'y conforter.

— Pourquoi ne la quittes-tu pas alors ?

— Parce qu'elle est tout ce que je ne pourrais jamais avoir de mieux. Des types comme moi ne peuvent aspirer à autre chose que le sexe. Mais cette fille-là m'aime, à mon grand étonnement.

Il était soulagé. Son explication semblait tenir la route.

Elle le regarda un dernier instant, puis commença à se rhabiller activement. Il la regarda, stupéfait, sans prononcer un seul mot.

— Tu ne peux pas continuer à flirter et à baiser comme ça. Quand on fait un choix, mon grand, on l'assume jusqu'au bout. Sinon, crois-moi, elle t'attendra au détour et te fera payer ça. Et je sais de quoi je parle.

— Tu peux bien parler. À ce que je sache, t'es mariée et tu viens de te taper un homme tout juste majeur.

— Ouais, je suis mariée à un infidèle et je crois que trois baises en dix-sept ans, quand on se sait cocue, c'est pas cher payé comparativement à un petit minable qui trompe sa copine pour le plaisir et ce, sans vergogne. Je suis infidèle parce que l'homme que j'ai épousé et que j'aime est un type comme toi. Mets ça sur le compte de la jeunesse ou de ton arrivée à Montréal, tu n'as pas de quoi être fier.

Elle n'en rajouta plus et le mit poliment à la porte.

●●●

Il n'était pas encore onze heures quand Jean-François décida de rentrer chez Mélissa. Il était frigorifié. Ennuyé. Et surtout, il se sentait terriblement sale et passablement ridicule, et ne désirait qu'une chose: oublier cette soirée le plus rapidement possible. Et s'il n'aimait pas Mélissa au sens amoureux du mot, il appréciait néanmoins sa compagnie. Cependant, il décida de rentrer à pied, histoire de brûler quelques cigarettes en chemin.

Frappé par un instant de lucidité, Jean-François s'immobilisa net sur le trottoir et posa son regard sur le commerce qui se trouvait de l'autre côté de la rue Papineau. Il s'agissait d'une agence de voyages. Une soudaine sensation de fatigue le frappa durement, à tel point qu'il eut envie de traverser la rue et d'y acheter un aller simple pour l'autre bout du monde. Il était exténué. La vie fictive qu'il s'était construite lui pesait lourd sur les épaules. Et en cet instant, il prenait pleinement conscience du caractère irréversible de l'opération. Il avait déjà menti à tant de gens qu'il en était venu à croire à ses propres mensonges, effaçant à la fois son passé lourd en humiliations et en défaites. Cependant, il ne distinguait plus les mensonges de la réalité. Il s'effaçait lui-même, lentement, mais sûrement.

Dans la vitrine du commerce, on y proposait un billet pour Londres à deux cents dollars. Était-ce le temps de se tirer d'ici ? Jean-François y songeait sérieusement. Mais la boutique était fermée, alors il devait attendre le lendemain. Il reprit donc sa route.

Une fois à l'appartement de Mélissa, il s'étonna grandement de n'y trouver que Laurianne, sa colocataire. Un peu plus tôt, au téléphone, sa copine lui avait pourtant dit qu'elle n'avait pas le temps de sortir de chez elle puisqu'elle avait « beaucoup de travail à faire », demeurant évasive sur la nature dudit travail. De plus, à son arrivée, Laurianne semblait anormalement agitée, elle qui d'ordinaire était plutôt amorphe et austère.

Il décida donc d'allumer la télé et capta la fin du bulletin de nouvelles animé par son idole, Bernard Derome. « Il ne vieillit donc jamais, lui… » pensa-t-il, admiratif. Il mit le son en sourdine, s'amusa à regarder le visage du présentateur et s'étonna de son charisme à l'écran. « Tout le monde doit l'aimer, cet homme…

on ne peut pas être contre lui», se dit-il en son for intérieur.

Lui prit soudainement l'envie de s'effacer. Il ferma les yeux et imagina qu'il prenait la couleur du canapé orange vif sur lequel il était assis. Il se vit toucher sa peau et y sentir le même cuir qui recouvrait le meuble en question. Puis le téléphone sonna et il quitta son univers surréaliste au profit de la réalité.

— Ne réponds pas, Jean-François ! C'est pour moi ! Laisse sonner, OK ?

Laurianne était enfermée dans les toilettes tandis que le téléphone sonnait toujours.

— Au pire, je le fais patienter…

— NON ! s'écria-t-elle, laisse sonner, OK ?

Il la sentait de plus en plus agitée et le téléphone sonnait toujours. Il décida donc, malgré les protestations de Laurianne, de décrocher le combiné, histoire de ne pas perdre l'appel en question. Mais il n'eut pas le temps de prononcer un seul mot que son interlocutrice débitait déjà plusieurs syllabes à la seconde à l'autre bout du fil :

— Laurianne, si jamais il rentre avant moi, fais-le patienter et dis-lui que je suis partie acheter des chips ou je sais pas quoi, je vais revenir avec de la bouffe, alors dis-lui que j'avais un creux ou quelque chose comme ça ; je quitte l'hôtel et Vincent va me déposer à l'appartement dans cinq minutes…

— Mélissa… ? demanda-t-il, étonné.

Au même moment, Laurianne quitta la salle de bains et s'arrêta net devant lui. Le son de la chasse d'eau compensait difficilement la lourdeur du silence à l'autre bout du combiné.

— Je ne comprends pas, Mélissa…

Il comprenait parfaitement, mais ne voulait pas se l'avouer. Il préférait s'assurer des faits, en avoir le cœur net. Il croisa le regard de Laurianne et comprit qu'il était cocu lui aussi, mais ne voulait toujours pas y croire. Si bien que lorsque Mélissa raccrocha après un interminable silence, il consulta l'afficheur et constata que l'appel provenait d'un hôtel quelconque dont le nom ne lui disait rien du tout.

●●●

Ils étaient tous les deux cernés, les yeux bouffis par leurs propres larmes. Lui fumait une cigarette ; elle, préférait le thé *Earl Grey*.

Jean-François et Mélissa ne se parlaient plus depuis une demi-heure. Ne se regardaient plus. Ne respiraient plus. Une forte odeur de tabac flottait dans l'air et on entendait la circulation des voitures malgré un fort vent hivernal qui soufflait d'importantes bourrasques de neige. Jean-François avait les yeux rivés sur la tasse de Mélissa, trouvant surréaliste le fait qu'elle ait pris le temps de faire bouillir de l'eau alors qu'ils s'invectivaient de part et d'autre. Était-ce plus officiel de discuter autour d'une boisson chaude ? Cela faisait-il plus sérieux ? Le long silence qui s'en suivit, du moins, marqua clairement la fin de leur conversation.

— Bon… dit-il, je vais rentrer dans mes terres.

Il écrasa sa dernière cigarette, se leva et marcha en direction du divan sur lequel il avait posé son manteau. Sa démarche était lourde et difficile. Mélissa tenta de relever les yeux, mais c'était peine perdue. Elle n'y parvint que lorsqu'il se trouvait dans l'embrasure de la porte. Mais ce ne fut pas pour le prier de rester.

— Je le savais, tu sais ? Je le savais que tu voyais d'autres filles. C'était évident. Tu racontais tes histoires à n'importe qui. Même à des gens que je connaissais ! Tu t'en vantais !

Cette réplique le paralysa car il savait que, jusqu'à la nuit dernière, ses vantardises n'étaient pas fondées. Qu'il racontait des bobards afin de captiver l'attention de ses interlocuteurs. Pourquoi faisait-il cela ? Il n'en était pas tout à fait certain. Était-ce comme s'il fallait qu'il convainque les autres que sa vie était sensationnelle afin de se convaincre lui-même de la chose par la suite ? Ou encore, était-ce simplement pour s'imposer la pression de passer de la parole à l'acte ? C'est alors que lui revint à l'esprit cette soirée où il avait raconté à Vincent Trudel et à son cousin Alex qu'il s'était farci deux femmes dans sa penderie. Un pur mensonge qui, malheureusement, aura peut-être été à l'origine de tout.

Il se souvint également de ce que la serveuse lui avait dit quelques heures plus tôt. Elle avait donc raison : il n'avait rien eu d'autre à répliquer que :

— Oui, mais j'ai eu la décence de ne pas me taper ta meilleure amie, moi.

— Oui, Jean-François, t'as raison. Tu as été très décent, toi.

— Ouais ! Dans un hôtel minable, en plus !

— T'avais juste à prendre la bonne décision au bon moment !

— C'est ça !

— C'EST ÇA !

Il claqua la porte avec cette impression qu'il ne se possédait plus. En descendant l'escalier, chaque marche semblait hors d'atteinte, comme s'il devait se jeter en bas d'une falaise pour atteindre la suivante. Dorénavant, il serait isolé. Et simplement d'y penser, les larmes lui vinrent instantanément. De plus, il savait qu'il n'aurait l'approbation de personne. Que c'était bien fait pour lui. Qu'à force d'être ambivalent, de tanguer d'un côté à l'autre constamment, et de jouer à l'homme de ces dames, quelqu'un finirait par lui faire courber l'échine. Il ne lui restait plus qu'à rentrer chez lui et à attendre la suite des choses.

CHAPITRE 8
MON ACCORD DU LAC MEECH

Je ne suis plus Jean-François 2.0.

Depuis près de six mois, je ne fais qu'aller à l'université, travailler à l'épicerie du coin et fumer des cordes de Peter Jackson.

Mes colocataires poursuivent leur train-train quotidien. Parfois, l'un d'entre eux frappe à ma porte et me demande si ça va. Je lui réponds alors que j'ai beaucoup de travail à faire pour les cours et que je suis occupé. Puis, je referme la porte, je me recroqueville dans le cadre de ma fenêtre et je regarde le centre-ville. Et je fume. Beaucoup.

Il m'arrive parfois d'en avoir marre de ne rien foutre, alors je nettoie ma chambre. Ensuite, en guise de récompense, je me procure des tas de cochonneries à l'épicerie, particulièrement du chocolat aux amandes et du cola, et je bouffe comme un porc jusqu'à ce que ma chambre se transforme en fosse septique, et je ne fais plus rien. Par la suite, quand j'en ai marre de ne rien foutre, je nettoie ma chambre. Et en guise de récompense, je me procure un tas de cochonneries à l'épicerie... etc.

Je n'ai plus de nouvelles de Julie. Je crois avoir fait un bon choix, au bout du compte. La preuve étant que nous menons chacun notre vie en parallèle, ne donnant plus aucune nouvelle à l'autre. Elle est heureuse et moi aussi. Bon. Par les temps qui courent ça ne va pas fort. Mais je suis confiant que je retomberai sur mes pattes incessamment.

Je me promène parfois dans les rues afin de regarder la neige fondre, ayant toujours eu un faible pour les saisons transitoires. Je m'assure que la vie continue. Car je ne retourne plus les appels qui me sont destinés. Apparemment, une rumeur circule à mon endroit concernant Mélissa et moi. Quelqu'un m'a apostrophé il y a quelques semaines à ce sujet :

— Apparemment, tu t'es fait tromper, hein ? Moi aussi, ça m'est arrivé, et je suis vivant, mon vieux. Faut pas capoter avec ça.

Un camarade de classe. Il s'était imaginé toutes sortes de choses, comme tout le monde. Comme si, automatiquement, quand on a les bleus, c'est que notre copine s'est tapé un autre mec, qu'on est tombé dans la drogue ou qu'on est devenu gothique.

En fait, j'en ai marre de la grande ville, tout simplement. Et ça me démoralise passablement. Je suis venu y chercher quelque chose et aujourd'hui je me sens aussi vide qu'à mon arrivée. Auparavant synonyme de promesses et de dynamisme, Montréal me paraît aujourd'hui triste et grotesque. Tout ce que j'y regarde me fait rire de dépit. Les voitures qui ne sont même pas plus rapides que les piétons, les écolo-granos qui laissent leurs vidanges pendant trois jours sur le trottoir, les déneigeuses qui ne déneigent pas... Même les gratte-ciels me désespèrent. On dit qu'ils ont une espérance de vie de cent ans. Alors, comme ils ont tous été construits à la même époque, durant la Révolution tranquille, vont-ils tous s'écrouler en même temps, dans cinquante ans ? Je tâcherai de ne pas y être, en tout cas. Ça, c'est certain.

Justement, j'ai cru bon de quitter Mélissa car je ne voulais pas être là le jour de notre effondrement, à nous aussi. À ce sujet, notre espérance de vie était bien en dessous de cent ans. Je baisais tant de femmes dans son dos que j'en suis venu à la conclusion qu'il était peut-être temps de cesser de m'accrocher à elle comme une sangsue. Je ne la méritais pas. Et elle ne méritait pas ça non plus. Il faut savoir passer à autre chose. Certes, elle m'aimait. Certes, c'était confortable. Mais à long terme je ne voulais pas passer ma vie à tenter de me farcir en cachette tout ce qui bouge. Plus je la voyais, et plus j'avais envie d'autres femmes. Du moins, j'essayais de m'en convaincre.

Et je me suis brouillé avec Vincent pour une histoire de filles. Une connerie. On draguait la même fille. Donc, plus de Vincent. Plus de Mélissa. Seulement Montréal, beaucoup trop grande et clinquante pour mon manque d'ambition.

Donc j'ai les bleus. Me revoilà à la case départ. Celle où je me coupe du monde et où je me place au-dessus de la mêlée. Bernie serait fier de moi.

•••

Maman a décidé de me couper les vivres, alors je suis allé la semaine dernière à Ottawa où elle réside depuis cinq ans avec son nouveau mari afin de lui demander des explications. Ce n'est pas tant qu'elle me donnait des masses d'argent, bien au contraire, sa contribution parentale était plutôt mince en comparaison de la pension que lui versait mon père. Mais comme je suis complètement paumé, les quelques dollars qu'elle me donnait à la rentrée pour acheter mes livres m'étaient précieux malgré tout, alors quoi de mieux que de profiter de cet évènement pour visiter ma chère maman pour la première fois depuis le divorce de mes parents ?

Elle n'a jamais voulu me donner son adresse et c'est tant mieux car je n'ai jamais eu envie de lui rendre visite depuis 1995. On se voyait en terrain neutre dans des restaurants ou des cafés une fois de temps à autre et ça me suffisait autant qu'à elle. Elle venait plus souvent à Montréal que je ne pouvais me rendre dans la ô combien trépidante ville d'Ottawa. Mais cette fois j'étais déterminé à récupérer mon dû. J'avais cruellement besoin de fric et je savais qu'elle en avait suffisamment pour me donner un coup de main. Et suite à une séance de torsion de bras, mon père accepta finalement de me donner son adresse.

Mais voilà, une fois arrivé à sa demeure dans le pittoresque village d'Ottawa – je crois avoir une aversion particulière pour cette ville –, une gamine de huit ans d'origine haïtienne m'a ouvert la porte, et comme mon père semblait persuadé de m'avoir donné la bonne adresse, malgré tout, je lâchai un coup de fil à ma génitrice sur son portable et elle me donna rendez-vous près du canal Rideau, dans un café sans goût et sans ambiance où j'en eus pour mon argent.

En effet, après s'être échangé quelques politesses, bonjour-bonjour, ça-va-oui-et-toi, elle passa directement aux explications :

— J'aime tout simplement pas les choix que tu as faits, je les désapprouve tous. Je vais pas t'encourager à poursuivre dans cette voie-là. C'est tout. Trouve-toi un deuxième travail, je sais pas.

Elle avait revêtu ses yeux de mère pour l'occasion, les mêmes qu'en octobre 1995. Je n'ai jamais su comment les situer exactement, quelque part entre le mépris et la condescendance, entre maternalisme mal placé et indifférence totale. De la haine, peut-être ? Sûrement pas de l'amour.

— Tu vois, Jean-François, t'as passé tes dix-huit ans, t'as voulu devenir un adulte, t'as voulu t'émanciper, t'affranchir, te prendre en main, être ton propre maître et tout ça, c'est normal, je respecte ça. Mais tu peux pas me demander de l'argent à tout bout de champ tout en te prétendant libre. Je suis pas la Sainte Vierge, moi. Je donne pas pour donner. Si tu veux mon argent, tu dois suivre mes règles, et sinon, t'en auras pas, point final.

Finalement, j'ai opté pour le mépris. Ça l'écœurait de me voir aux commandes de ma vie. C'était sa seule façon de me garder sous son joug : me couper les vivres. Car elle ne me faisait plus peur. Et je ne la respectais plus depuis longtemps.

— D'emblée, le choix d'habiter une commune un peu chère en plein centre-ville près des distractions, je n'endosse pas ça. Ton choix d'étudier la politique non plus parce que ça ne t'a jamais passionné, t'en parles jamais sauf pour dire que t'aimes pas ça. Et puis vu combien tu détestes l'école, je me demande toujours pourquoi t'as pas fait une technique dans un domaine que t'aimes vraiment, ou même un D.E.P. en je ne sais quoi. Ça me dépasse que mon enfant se lance dans la politique alors qu'il s'en fout complètement ! Je pense à tous ces grands hommes, à Trudeau, à Mulroney, à Bourassa, à Chrétien, à Ryan… des gens passionnés, dévoués à notre pays ! Le plus beau pays du monde ! Tu n'as pas ce qu'il faut, ce n'est pas ta place. Je ne cautionnerai pas ça.

Elle avait l'air étonnamment calme, pas énervée le moins du monde. Un spectacle loufoque, une performance déstabilisante au possible. Elle me coupait les vivres, me poussait au bord du gouffre tout en prétendant jouer son rôle de mère, en clamant vouloir faire ce qu'elle croyait le mieux pour moi. Elle me jugeait, elle foutait ma vie en l'air et ce, avec la sérénité la plus totale. Je ne sais toujours pas pourquoi j'avais tant insisté pour discuter avec elle, c'était ridicule.

— Je fais ça pour ton bien. Des fois, ça prend un coup de pied au cul pour se remettre sur la bonne voie. C'est pour ça qu'on a une mère.

J'étais complètement perdu. Mais une chose était certaine : cet entretien était complètement futile, alors je sortis un billet de cinq dollars, je le posai sur la table pour payer nos cafés et je quittai, direction la gare routière.

•••

J'ai pris une décision tout à l'heure, qui a créé une commotion dans mon appartement : je quitte l'université. Je ne sais trop ce qui va m'arriver, mais la maudite politique, j'en ai ma claque, voilà tout. Maman va être contente. Seulement, comme l'ensemble de ma colocation est composé d'étudiants universitaires, ça ne semble pas faire l'unanimité. Comme si j'en avais quelque chose à foutre. De toute façon, je n'ai pas besoin d'un diplôme pour vivre. Un baccalauréat en politique, ça ne fait pas de toi un politicien. Certes, les rencontres, les discussions animées, ça me manquera un peu, mais bon, ça doit bien se trouver hors de l'université, non? Je l'espère, en tout cas.

Alex planche maintenant sur mon cas et me fait remarquer que je mange moins et que je ne sors jamais. Trudel s'est également mis à me téléphoner depuis quelques jours afin de m'inciter à me reprendre en main. Pourtant nous étions brouillés. Je ne comprends plus. Il désire même qu'on passe l'éponge. Et Mélissa, que je n'aime pas, me supplie de prendre un café avec elle, que l'on discute à tête reposée. Discuter de quoi? Je n'en sais rien. Je l'ai quittée et je ne l'aime pas. Mais bon. Il se raconte que je serais en chute libre ou je ne sais quoi. Mais c'est toujours comme ça. T'as plein de gens autour de toi lorsque tu sombres dans le défaitisme. Et personne avec qui fêter tes bons coups. Je commence à croire qu'on me préfère en perdant.

Ça frappe à ma porte. C'est Alex qui me demande de descendre au salon, c'est important, bla bla bla, etc. Je procède. Je descends chacune des marches d'un pas sûr. En bas se trouve un tabouret au milieu de la pièce. Mes colocataires sont assis sur les divans. Je comprends et je prends place.

— Jean-François, m'entreprend Alex, on sait que tu vas pas bien et on croit qu'on devrait se parler toute la gang.

La «gang»? Quelle «gang»? Je ne crois plus aux «gangs» depuis un bon moment. Ce concept me paraît tout simplement risible. Un attroupement peureux de solitudes. Voilà.

— On a jasé avec Mélissa et Vincent aussi. Et par Vincent, on a réussi à rejoindre ton père et on lui a parlé. On est tous pas mal inquiets… tsé ?

Là, je ne sais pas trop où nous nous en allons. Moi, je suis déprimé, et ça arrive à tout le monde, donc je ne sais trop pourquoi je me trouve dans cette pièce à écouter Alex me parler de mon cas… au nom des autres ! Ça ne concerne que moi, point final bâton.

— Visiblement, tu perds beaucoup de poids. Tu manges juste du chocolat. Tu ne sors plus de ta chambre. Tu ne vois personne. Et tu ne vas plus à tes cours.

Et je t'emmerde, imbécile. Je ne dérange personne. T'as pas à te fourrer le nez dans mes affaires.

— Ton père t'a pris un rendez-vous avec un psychologue.

Eh bien ! Elle est vraiment très bonne, celle-là ! Je sais que notre société est malade, que les maladies mentales enlèvent un Québécois sur six et ainsi de suite. Mais je sais aussi que la médecine d'aujourd'hui a la gâchette facile. Chaque fois qu'on déprime, c'est le psy ou les antidépresseurs.

— Ton père s'en vient. Il va passer te prendre dans une heure pour discuter avec toi.

Génial. Je vais en voiture avec papa.

●●●

Nous sommes en juin. Six mois déjà depuis ma rupture avec Mélissa. Le temps file drôlement vite. Moins vite depuis une demi-heure, puisque je suis présentement chez le psy.

Que s'est-il passé…

Je me souviens à peine. De papa, qui m'a hébergé chez lui quelques semaines jusqu'à ma présente séance. Qui m'a sûrement expliqué pourquoi ce serait bien que je consulte. De mes colocataires, aussi, qui ont peut-être tenté à plusieurs reprises de me sortir de ma chambre. De ma rupture avec Mélissa. Comment ai-je pu me retrouver ici…

Un clignement d'yeux plus tard, j'en suis à ma seconde visite. Je le sais car je reconnais le psy et il m'intimide moins cette fois-ci. Ça va vite. Mais un instant… j'essaie encore de comprendre comment j'en suis venu à me retrouver ici. Il me semble qu'hier, je dévalais les rues de Montréal avec l'assurance d'un caïd. Que s'est-il passé ?

J'éternue. Mes poumons me font mal. Une vraie toux de fumeur, avec la gorge qui brûle. Cinquième visite, mine de rien. Désormais, le psy me connaît beaucoup mieux. Je le sais car il me pose des questions plus précises, utilise les prénoms de mes connaissances avec un peu plus d'aisance. Nous parlons de ma mère comme si nous la connaissions bien. « Et ta mère, elle, crois-tu que… ». « Justement, parlons de ta mère… ».

Parlons de la tienne, vieux débris. Quand je te regarde, je me demande simplement comment on a pu te laisser professer. Et pourquoi nous sommes en juillet.

Je me ronge les ongles et je finis par arracher celui de mon index. Le crache. L'observe, inerte, sur l'épaisse moquette bourgogne du bureau du psy. Nous sommes déjà à la mi-août. Si la tendance se maintient, j'y passerai ma vie et je ne m'en rendrai même pas compte. La rentrée approche et je ne veux toujours pas retourner à l'université. Mon papa croit que ça me ferait du bien que je reprenne mes études car de nos jours tout le monde possède un baccalauréat en n'importe quoi. Mon psy, lui, croit aussi que ce serait bien car je réintégrerais progressivement la société, et ce serait bon pour moi d'avoir un objectif à atteindre, l'énergie que je dépenserai servira à atteindre ce but et non à entretenir de noires pensées, bla bla bla... Évidemment, pour lui, ce fut une belle expérience, l'université. Ça lui aura permis d'avoir ce magnifique bureau en chêne, ce siège capitonné en cuir, et un échelon hiérarchique plutôt respectable dans la société. Les sciences politiques, par contre, ça ne donne rien d'autre que l'envie de ne pas voter. Envie que je n'ai jamais eue d'ailleurs. Donc, pourquoi continuer ? Je pourrais bien jouer au curling et je me ferais des amis. Ou encore, je pourrais faire du bénévolat, devenir brigadier scolaire. Comme ça, je la réintégrerais, sa maudite société à marde. Pourquoi soudainement on s'intéresse tant à mon sort ? Je vais bien ! Seulement une baisse de moral !

— Jean-François… dis moi simplement qu'est-ce qui pourrait t'inciter à retourner à l'université. Dans un monde idéal, même si ça peut paraître loufoque, même si c'est impossible, qu'est-ce qui te redonnerait envie d'étudier ?

Quoi ?!?! Non mais je rêve ! C'est une question sérieuse, ça ? C'est pour ça qu'on te paie à l'heure ce que je fais en une semaine à emballer des commandes d'épicerie ? À parler d'utopies, à fantasmer sur des niaiseries ? Il va falloir que tu comprennes, mon vieux, et de façon très claire, que quoi qu'on dise et quoi qu'on fasse, c'est quand même moi qui, aujourd'hui et jusqu'à ma mort, vais vivre avec les conséquences de mes actes. Je ne vais pas régler tous mes problèmes en m'inventant un univers parfait auquel je ne pourrai jamais adhérer, faute de moyens. On va arrêter de me faire croire à des idioties ! De me faire rêver à l'impossible ! Et, parlant d'impossible, tu veux une réponse, mon ami ? Tu veux que je te dise ce que ça prendrait pour que je repose mon cul sur un banc d'école, crisse ?

Eh bien, premièrement, j'aimerais obtenir un statut particulier. J'aimerais être un étudiant distinct. Ça ne m'apporterait rien d'autre que la jalousie des autres et franchement j'ai le goût qu'on m'envie ; pas qu'on conspire pour m'expédier chez un psy, ou qu'on me coupe les vivres du jour au lendemain pour des motifs personnels. Alors quand je rentrerai dans la classe, j'aimerais par exemple que le professeur me salue personnellement, et ensuite, salue le reste de la classe.

Ensuite, j'aimerais avoir un droit de veto sur toutes les décisions touchant la structure des cours. C'est-à-dire que je pourrais m'opposer à tout changement susceptible de modifier un cours quelconque et ce veto serait justifié par… euh… par mon caractère distinct ! Tiens ! Alors si quelque chose ne me plaît pas, eh bien *too bad.* Ça serait génial, non ?

J'aimerais également que le ministère de l'Éducation convertisse mes emprunts étudiants en bourse d'étude. Tant qu'à y être, faut bien beurrer pour la peine. Et tiens : maman pourrait investir entièrement la pension qu'elle reçoit de mon père dans mes études. Ça serait génial.

Je souhaiterais aussi détenir un certain contrôle de l'affluence dans les salles de cours, en ce sens où je pourrais décider des gens qui assisteront aux mêmes cours que moi. Si je veux n'y voir personne d'autre que moi, ou si je veux être entouré des meilleurs, ou même si j'ai envie qu'il n'y ait que de jolies filles devant porter obligatoirement la minijupe, ce sera à ma discrétion.

Et pour finir, j'aimerais aussi choisir trois des neuf personnes du conseil d'administration de l'université. J'y inviterai le Doc Mailloux, Elvis et Ronald McDonald.

Le psy attend toujours ma réponse, le sourcil en l'air. L'envie de lui balancer les pires conneries me démange jusqu'à la moelle. Pourtant, je n'en fais rien pour le moment. C'est que la lucidité me frappe l'espace d'un instant, comme ça arrive trop souvent une fois que l'on se retrouve les deux pieds dans la vase. Et là, en cet instant précis où le psy me regarde d'un œil torve tel un saumon fraîchement pêché, je me rends compte, tout simplement, que je consulte un psychologue depuis plusieurs mois. Ça me frappe de plein fouet, comme ça. Fini la rigolade. Je suis dans la merde.

CHAPITRE 9
MON ACCORD DE CHARLOTTETOWN

C'était il y a trois semaines. Je venais de faire la fête une bonne partie de la nuit chez un ami et pourtant, même si je ne m'étais pas défoncé plus qu'à l'habitude, je me suis réveillé le lendemain matin affligé d'une fatigue extrême. Les pluies d'octobre déferlaient sur la métropole depuis plusieurs jours et chacune des gouttes qui frappaient ma fenêtre sonnait comme un coup de gong, résonnant longuement entre mes tempes jusqu'à ce que mon corps en devienne malade. Je me sentais m'en aller, tranquillement, je dérivais vers un ailleurs. J'étais en train de mourir. J'étais en train de faner comme le reste de l'automne. Ma peau devenait brune et sèche.

Je m'étais réveillé avec cette envie de mourir et un goût âcre dans la bouche. J'étais carrément déshydraté. Je n'avais pourtant pas soif. Ni faim. Mais j'avais l'impression de dessécher. Et je n'avais pas envie de traverser cette journée. Je l'ai pourtant fait. Comme bien des vies anonymes qui ne s'accrochent à rien. À rien d'autre que l'espoir que leur tour vienne, éventuellement. C'est ce que je me disais, aussi, que mon tour viendrait. J'étais installé à Montréal depuis un an et j'avais eu l'impression, jusqu'à un certain point, d'entrevoir un peu de lumière. Je ne sais pas. Je ne sais plus.

Je fais une dépression.

Ce matin-là, je l'ai su immédiatement. Un jour, j'avais demandé à un type si, selon lui, j'avais attrapé la mononucléose. J'étais fatigué et j'avais mal à la gorge. Il m'avait simplement répondu : « Quand tu l'auras, tu vas le savoir ben assez vite. » Eh bien, ce matin-là, il y a trois semaines, je l'ai su tout de suite. J'étais en dépression.

Depuis, j'ai eu le temps de visiter un médecin qui m'a prescrit des antidépresseurs et qui m'a poliment suggéré d'arrêter de me foutre de la gueule de mon psy et de lui parler sérieusement. J'ai acquiescé. J'aurais gobé n'importe quoi, même s'il m'avait prescrit une boîte de clous de six pouces avec un grand verre d'eau chaque matin pour me remettre sur pied. Alors j'ai repris contact avec mon psy, que je dois rencontrer tout à l'heure. Voilà une semaine que j'attends ce rendez-vous et je ne fais que me morfondre jour après jour.

C'est que je m'en veux. C'est fou comme je m'en veux. Je m'en veux à me péter la gueule sur un rebord de table. Je ne peux pas croire, après une enfance aussi merdique, une adolescence aussi désertique, après avoir survécu à Sainte-Anne, à mes parents, à tout, qu'aujourd'hui, en ce mois d'octobre 2005, alors que je me suis enfin tiré de tout ça, je me tape une dépression ! Je n'en reviens tout simplement pas. C'est aberrant.

Il est midi trente, j'ai rendez-vous à une heure avec le psy. J'enfile mon manteau. Ça me prend dix minutes et je pleure à la fin. Lourd. Je décide de prendre un taxi. Si je prends le métro, je vais me jeter sur les rails.

●●●

Tout d'abord, le psy me félicite pour mon courage. Ensuite, je me félicite de ne pas lui sauter au visage.

J'avais cessé de voir cet incompétent fini trois ou quatre semaines plus tôt, soit depuis qu'il avait soumis mon cas en psychiatrie. J'avais donc tout bonnement refusé de poursuivre les consultations.

Il croyait que j'étais mythomane.

Je déteste son attitude paternaliste à la con. J'ai envie de régler mes problèmes par moi-même. De reprendre un peu le contrôle de ma vie. Mais je n'y parviens pas, mes nerfs ne répondent plus. La preuve en est que même si j'ai envie de lui rire au visage une fois de plus, je ne peux que lui répondre la vérité. Je n'ai plus la force de lui résister. On essaie donc, ensemble, de comprendre ce qui s'est passé. Je m'embourbe dans ma propre vie, je m'y perds comme dans une cour à *scrap*. C'est ça, je suis *scrapé*, bon pour la casse.

Il y a un an de cela, je fuyais Sainte-Anne pour Montréal car je croyais que j'y trouverais quelque chose. Je n'avais jamais vraiment désiré quoi que ce soit d'autre qu'être heureux. Très simpliste comme objectif de vie. Très commun. Mais voilà, je suis simpliste et commun, et j'ai simplement envie d'être heureux. Le reste n'a aucune importance.

— Avez-vous une passion, un hobby, quelque chose que vous aimez par-dessus tout ?

Non. Je n'aime rien. Je n'ai jamais rien aimé d'ailleurs. Sauf Julie. La Julie d'une autre Julie. Elle, je l'ai aimée par-dessus tout. J'ai aimé me sentir en transition, aussi. Comme cet été 2004, il y a un an de cela, où tout me semblait possible. Montréal, c'était ma crème glacée au chocolat, mon *Klondike*, mon *American dream*. J'ai aimé en rêver lorsqu'elle me paraissait à portée de main. Un peu comme Julie, je crois. Que j'ai aimée à en rêver lorsqu'elle était là, devant moi. Quand j'étais jeune, j'adorais regarder les trains sur la voie ferrée près du parc Central. Je crois que j'aime la circulation. Le mouvement. Car si ça passe vite, je ne me sens pas coupable de ne pas avoir attrapé les choses au vol. Je me dis que ce n'est pas ma faute. En somme, je me dis carrément que si je suis malheureux, ce n'est pas de ma faute.

— Pourriez-vous m'en parler davantage, de cette Julie ?

D'accord. Elle s'appelle Julie et elle est bisexuelle. En ce moment, c'est du côté féminin qu'elle semble pencher davantage, grand bien lui fasse. C'est peut-être pour ça que je l'ai aimée, d'ailleurs. Parce qu'elle est entre les deux. Comme Bernard Derome en politique. Comme serait l'homme que je m'efforce de devenir. En fait, non. Je crois que j'essaie d'être beaucoup plus gris qu'elle. Beaucoup plus terne. Car Julie n'était pas grise. Elle était bleue. Comme ses yeux. Comme l'eau du fleuve dans laquelle, un jour, j'ai eu envie de me jeter tant je la trouvais belle, tant je la désirais, tant j'étais incapable de lui dire quoi que ce soit d'autre qu'un au revoir mal senti. Comme quoi l'amour rend aveugle. On ne s'était jamais vraiment parlé de grandes choses. Mais on s'était compris. Et c'est ça qui comptait à mes yeux. Je ne veux pas grand-chose, au fond, j'ai simplement envie d'être heureux. Outre ça, je suis l'homme le plus ennuyant et le moins original du monde. Être chez moi avec quelqu'un qui me comprend et que je comprends, dans nos différences et dans nos similitudes. Ça ne me dérangerait pas d'être dépressif avec elle. Du moment qu'on est entre nous.

— Vous avez gardé contact avec elle ?

Difficile. Lorsqu'on est passé si près du but. Ce serait masochiste. Là, au moins, je peux désormais me dire que je ne l'aime plus. Et que si c'est raté, ce n'est pas ma faute.

— En êtes-vous sûr ?

Je ne sais plus. Il y a tant de choses que je ne me suis jamais avouées. J'aimerais bien en dresser la liste à titre d'exemples, mais je ne me suis encore rien avoué, donc...

Le psy me regarde d'un air perplexe. Il a cette espèce de sourire en coin qui ne demande qu'à recevoir mon poing.

— Vous tournez souvent les gens en dérision lorsqu'ils vous posent des questions qui vous indisposent ?

Pardon ? Non mais pour qui il se prend, lui ? Bien sûr que je fais des blagues quand on entre dans ces zones-là ! Wou-hou ? ! ? Tu fais quoi, toi, ô grand psy, ô grand Boubou, quand on te pose des questions sur ton vide à toi ? Sur tes petites bibittes personnelles ? Si on parle de ta femme avec qui tu ne baises plus depuis dix ans, tu vas me répondre quoi, hein ? Va chier ! J'en ai marre de me faire regarder comme si j'étais pas normal ! Ou comme si j'étais faible ! Oui, j'ai un problème, mais ça fait pas de moi quelqu'un de faible ou d'anormal pour autant ! Je vais te le dire, crisse de psy à marde, mon problème, ce sont les gens comme toi ! Tout à fait ! Les gens comme toi qui me regardent de haut, qui me perçoivent comme un faire-valoir, comme un incompétent, comme un sous-fifre ! Ça existe, des gens qui n'ont pas de rêves grandioses, qui n'ont pas de passions extrêmes, qui n'ont pas de vision d'avenir, qui ne placent pas d'argent dans leur REÉR pour leurs vieux jours ! J'en suis un, moi, un gars sans ambition ! J'existe ! J'suis pas un personnage de la Bible symbolisant le Mal ! J'suis là, comme toi t'es là, derrière ton hostie d'bureau, à pousser ton hostie de stylo à bille pis à prendre tes hosties de notes. Moi, j'pousse pas de stylos. J'tire un gros sac de roches, pis dedans, y en a des crisses de grosses qu'y m'empêchent d'avancer ! Y en a même une qui a un nom, elle s'appelle Julie, pis c'est la plus grosse de toutes mes roches, si tu veux savoir. Parce qu'avant elle, je n'avais jamais eu envie de rien ! T'essaieras, toi, de choisir quand t'as jamais eu envie de rien !

— Croyez-vous que vous auriez été plus heureux si vous l'aviez choisie ?

Comment savoir ? Je ne me pose pas ce genre de question, moi. Je ne me vautre pas dans le passé pour essayer de comprendre mes erreurs, car tu vois, elles sont faites, mes erreurs, c'est passé et c'est terminé.

— Donc, vous considéreriez ça comme une erreur ?

Mais je ne sais pas, moi ! Un train qui passe, c'est pas une erreur ! J'en ai vu passer des trains dans ma vie et je me demandais toujours où ils se rendaient, s'ils pourraient m'emmener bien loin de Sainte-Anne et de mes voisins pervers. Mais qui saute comme ça dans un train en marche ? Il faut être prêt, il faut laisser tomber beaucoup de choses. Or, moi, je n'étais pas prêt, les trains passaient trop vite et trop tôt à Sainte-Anne. Même chose pour Julie. Ce n'était pas le moment. Voilà tout.

— Notre heure est terminée.

Bien ! Très bien !

●●●

Je suis enragé.

●●●

Le soleil semble s'être pointé la face, finalement, après une semaine de grève. J'en profite donc pour sillonner les rues du Plateau Mont-Royal et pour fantasmer sur une vie de quartier dans les rues Rivard, Mentana ou Clark. Comme si laver mes sous-vêtements dans une buanderie bio/écolo/techno allait changer quoi que ce soit à mon inertie. Un itinérant m'arrête pour me demander vingt-cinq sous. Ça prend dix minutes. Il me dit merci dans toutes les langues du monde en un seul souffle, y allant au passage de certaines blagues préfabriquées. Je lui donne une pièce de deux dollars pour l'effort. Et je repars deux fois plus vite. J'avais envie de bouger, alors je marche. Il faut que je bouge, tout simplement. Le statu quo n'est plus une option.

Fini le psy. Aujourd'hui, je vais me laisser une dernière chance de réintégrer ma vie. Sinon, je prends le prochain train qui passe.

Tout d'abord, je débarque chez Mélissa et je lui dis que je l'aime. Vrai ou pas, on s'en fout. Après, je vais voir Vincent et je lui dirai qu'il serait vraiment idiot que l'on cesse d'être amis pour une histoire de fille. Ensuite, je passerai à l'université et je leur proposerai de reprendre mes cours malgré le retard. Finalement, j'irai voir mes colocataires afin de discuter de notre dynamique de vie dans l'appartement. Tout ça, cependant, à mes conditions. Je ne jouerai pas la carte de l'à-plat-ventrisme. C'est une dernière chance. Voilà tout.

Mon premier arrêt se fait chez Mélissa, dans Hochelaga. Ça ne se passe pas très bien. Je ne sais trop s'il s'agit des antidépresseurs qui me font pleurer pour rien, ou s'il s'agit tout simplement du stress que provoque cette visite impromptue qui me fait couler comme une fontaine. Mais je parle si vite et de façon si incongrue que je ne me suis pas moi-même. Mélissa me regarde avec la bouche ouverte et des yeux de merlan frit. En bref, je crois lui avoir dit que si elle voulait toujours de moi, elle devrait accepter que nous ayons une relation ouverte car je ne peux être fidèle à qui que ce soit, pas même à ma propre personne, et que si elle n'était pas contente, elle ne me reverrait plus jamais. Première erreur : je ne lui ai pas dit une seule fois que je l'aimais. Seconde erreur : on ne se voyait déjà plus depuis un bon moment et elle était fort probablement passée à autre chose, de sorte que les menaces de départ n'ont absolument aucun sens, mais alors là, aucun.

Ensuite, je cherche une cabine téléphonique et je téléphone à Vincent pour lui dire que je veux que l'on passe l'éponge, que l'on redevienne des potes comme dans le bon vieux temps, et que si jamais il se remettait à marcher dans mes plates-bandes, je l'égorgerais avec mon porte-clés. Première erreur : Vincent me dépasse d'une tête et fait quatre fois mon poids, donc, les menaces ne sont d'aucune utilité face à cette armoire à glace. Deuxième erreur : j'ai raccroché avant même qu'il ne place un seul mot, si bien que je n'ai aucune idée s'il veut bien que l'on se parle à nouveau, ou encore s'il est en ce moment en voiture en direction de mon appartement avec la ferme intention de me tuer avec mon propre porte-clés.

Par la suite, je me rends à l'université, les yeux encrassés pas les larmes séchées et la sueur qui me coule du front. Je dois avoir l'air d'un vagabond tant je suis souillé et puant. Je passe d'un bureau à l'autre, d'un étage à l'autre, d'un pavillon à l'autre, et finalement, au bout de plusieurs heures, on me donne un nom, un numéro de téléphone et une adresse courriel. Première erreur : je n'ai engueulé personne, même si j'étais sur une lancée, ce qui m'aurait peut-être permis d'accélérer la cadence des opérations. Deuxième erreur : je me suis endormi dans l'une des salles d'attente et on m'a pris pour un itinérant, ce qui a eu pour effet de retarder encore davantage ma démarche.

Finalement, je retourne chez moi et je demande à tout le monde de bien vouloir descendre au salon pour que l'on discute. Mes colocataires me regardent d'un drôle d'air. Je crois que je leur fais peur. Mais bon. Je le répète : le statu quo n'est plus une option. Je fonce. Je leur dis tout. Que je n'ai pas apprécié qu'on m'expédie chez un psy et de me faire menacer d'exclusion alors que je reste toujours cloîtré dans ma chambre à attendre que le temps passe. Qu'ils n'ont pas d'affaire à me menacer. Que je suis prêt à faire un effort pour être plus courtois, mais que je vais néanmoins demeurer dans ma chambre si j'en ai envie. Que je ne les achale pas, moi, quand ils ont une petite baisse de moral et qu'ils s'enferment dans leur chambre.

— Ben là, Jean-François, c'est pas une p'tite baisse de moral, t'es suicidaire, le grand ! de dire Alex.

Je le félicite pour son tact et sa présence d'esprit et le prie de bien me laisser terminer. Sauf que je n'ai rien à ajouter. Silence. Alors je monte dans ma chambre. Première erreur : j'ai complètement raté ma sortie, et la dernière impression est toujours très importante. Deuxième erreur : ne pas les laisser parler alors que je leur propose de converser.

Bon. Il ne reste plus qu'à envoyer un courriel à l'université et je pourrai attendre la riposte de tout le monde. Bien fait pour eux.

●●●

À monsieur Brian Chrétien, responsable du service de l'admission des étudiants de premier cycle ;

Mes sincères salutations,

Je me nomme Jean-François Gagnon et je suis étudiant à plein temps au programme de Sciences politiques au premier cycle. Je fus admis il y a une année de cela, et bien que j'aie complété un premier semestre avec une moyenne respectable de 3,88 à l'automne, j'ai dû cesser mes études en cours de route lors du dernier trimestre hivernal, ayant fait une dépression nerveuse, bien qu'elle n'ait été diagnostiquée que tout récemment par mon médecin. D'ailleurs, ce dernier, ainsi que mon psychologue, me conseillent fortement de retourner aux études afin de retrouver progressivement mon rythme en société, croyant qu'il ne servirait à rien – et serait peut-être même néfaste – que je demeure seul chez moi comme je le fais actuellement. Je m'engage donc personnellement, par la présente, à vous fournir tous les avis médicaux et psychologiques prouvant la véridicité de mes dires, et ce, dans les plus brefs délais.

Je suis néanmoins conscient que le présent semestre a débuté il y a de cela trois semaines mais je vous garantis que je pourrai facilement rattraper le temps perdu à force d'acharnement et de patience. Vous pouvez consulter mes relevés de notes et ils vous confirmeront que je maîtrise parfaitement les notions théoriques des cours magistraux auxquels j'ai, jusqu'à présent, assisté. En fait, permettez-moi un léger aparté bien subjectif: je suis persuadé que je connais la politique sur le bout de mes doigts! Particulièrement la politique québécoise. J'ai grandi dans un milieu très engagé, politiquement parlant. Ma mère était une ardente fédéraliste, et mon père fut un fervent souverainiste. À huit ans, je chantais le Ô Canada *en anglais et je connaissais par cœur le discours que Pierre Bourgault livra à l'exécutif du Parti Québécois en 1971 (sécurité, solidarité et respectabilité), alors qu'il proposait de délaisser l'image trop sécurisante que prônait René Lévesque à l'époque. C'est pour vous dire. Je crois donc que je n'aurais aucun mal à reprendre le collier si vous m'en fournissiez l'occasion.*

Je sais que je représente un Beau risque puisque je suis en ce moment même au tout début d'un traitement aux antidépresseurs et vous pourriez être porté à croire que je suis susceptible de quitter les bancs d'école une nouvelle fois. Permettez-moi donc une autre familiarité en vous certifiant qu'il n'y a rien de plus simple pour moi que les sciences politiques et la preuve en est que j'ai jusqu'à présent maintenu *une excellente moyenne bien que je n'étudiais pas, que je passais le plus clair de mon temps à regarder les cuisses de mes camarades de classe de sexe opposé et que je me foutais éperdument de la politique. Je ne sais pas encore si c'est très approprié comme information. Mais nous sommes quand même des humains, non ? Je pourrais bien vous écrire des mots de trente pieds de long pendant soixante pages que dans le fond, vous devez bien vous douter que je suis comme vous, comme toi, tiens, je vais te tutoyer, car au fond, même avec nos grands airs d'universitaires, si tu m'aimes pas la face, tu me reprendras juste pas, non ? Mais tu y perdrais quand même au change parce que ça te ferait des revenus de moins, donc, tu ferais pas ça, hein ? Ça coûte rien un étudiant en politique, on s'entend là-dessus ! C'est une source de revenus ! C'est pas comme un étudiant en biologie moléculaire ou un autre qui étudie en cinéma, qui coûtent la peau du cul en matériel de labo ou en équipement de tournage. Quelques chargés de cours ici et là, on entasse quatre-vingt futurs chômeurs dans une boîte à sardines et là, shling ! les bidous qui rentrent à la pelletée, hein ? Vous vous priveriez pas de 1250 $ comme ça, surtout si je ne dérange pas le professeur, occupé à déshabiller dans ma tête les filles autour de moi et risquant de partir en cours de route en vous laissant mon* *fric et aucune copie d'examen à corriger! Mais bon, en même temps, ça ferait baisser votre moyenne de réussite scolaire et ça, c'est pas très bon, hein, mon Brian? D'un coup que d'autres futurs chômeurs plus performants voudraient étudier la politique ailleurs. Comme si ça s'étudiait, la politique! Voyons donc! C'est comme la pédagogie! Y a-tu de quoi de plus niaiseux que d'enseigner la pédagogie, câlice? T'es un bon pédagogue où tu l'es pas! T'as beau te faire dire par tes enseignants qu'il ne faut pas engueuler un élève devant tout le monde car ça pourrait nuire à son apprentissage (d'ailleurs, tout l'monde sait ça, franchement), eh bien, si t'es quelqu'un d'un peu agressif et que tu te retrouves dans le feu de l'action, devant un p'tit crisse de mongole qui te fait chier comme le tabarnak, tu vas peut-être péter les plombs pareil! Parce que la pédagogie, c'est l'art du contrôle de soi, du contrôle de l'information; c'est l'art de la communication. Et ça, tu l'as ou tu l'as pas! Ça s'enseigne pas, voyons donc! Même chose pour la politique! Si tu veux en faire, faut que tu t'impliques, et pour t'impliquer, tu dois quitter les bancs d'école. Et si tu veux être politicologue, tant qu'à moi, t'es juste un hostie d'pissou qui veut pas se salir les mains, parce qu'au fond, être analyste politique ou analyste de hockey, c'est la même maudite affaire: c'est toujours ben facile d'y aller de prédictions qui marchent pas – car personne va revenir sur tes déclarations et te traiter de tous les noms – ou de commenter quelque chose de déjà fait en prétendant que le tout était prévisible pour une raison X ou Y. Ben facile. Mais c'est bien plus difficile de se tromper quand on est dans l'action ! Mais bon, faut pas dire ça à voix haute, surtout pas, de peur de froisser notre belle élite. Veux-tu que j'te dise un truc, Brian chose ? J'trouve ça vraiment ridicule que vous demandiez aux étudiants de maîtrise ou de doctorat « quelle contribution ils veulent apporter à leur domaine ». Crisse. La contribution que tu apportes, surtout en politique, c'est en prenant des décisions. Pas en passant cinq ans sur une thèse qui sera lue peut-être par cinq étudiants de maîtrise dans les vingt prochaines années – avec de la chance – et qui porte sur la relation entre la pensée politique moderne et la danse contemporaine en tant que véhicule de propagation d'idéaux néofascistes ! Des paroles, des crisses de belles paroles… j'pense que c'était Pierre Vallières qui disait un truc du genre « le Québec, cet enfant qui ne cesse de naître »… publié, adulé, célébré par la critique. Maudit ! Je vais en écrire un livre, moi, je vais y dire « le Québec, cet adolescent boutonneux qui refuse de grandir et qui se plaint tout le temps de toute sans rien faire pour se botter l'cul » pis on va peut-être m'aduler aussi. J'vais passer cinq ans à écrire ça, j'vais en faire ma thèse. Mais pour ça, faut que j'commence par finir mon bac.*

Alors, j'veux finir mon bac, Brian. Écris-moi à la même adresse courriel, je suis pas trop occupé cette semaine.

Jean-François Gagnon

CHAPITRE 10
MON DEUXIÈME RÉFÉRENDUM

On frappe à la porte. Trois coups. Je demande d'attendre deux petites secondes, mais ça me prend cinq minutes à me lever, à chasser mon envie de mourir et à traîner ma carcasse jusqu'à la porte. Alex. Il me tend le combiné du téléphone portable.

— Trois messages pour toi dans la boîte vocale. Ç'a l'air important. Écoute-les et descends en bas. On veut t'parler.

Je saisis l'objet d'un geste sec sans quitter Alex des yeux et signale la boîte de messagerie vocale. Je compose le code: 1-2-3-4-5-6. Quelle originalité.

— Vous avez... TROIS... messages archivés. Pour entendre ces messages, appuyez sur... UN.

Je procède. Je me demande qui est cette femme qu'on entend tout le temps partout. Un jour, j'ai rêvé que je la rencontrais dans un *blind date.* Elle était rousse, elle avait les yeux verts, d'énormes seins comme des globes terrestres, mais elle parlait avec le même débit saccadé que dans la boîte vocale. Un peu plus tard, lorsque nous passions au lit, elle m'avait proposé d'appuyer sur le 1 pour une fellation, sur le 2 pour la pénétration, et sur le 0 en tout temps pour retourner au menu principal. Étrange. Peu importe.

Premier message.

— Premièrement, tu me parles plus jamais comme t'as fait hier, c'est clair ? de s'écrier Mélissa, visiblement irritée. J'suis bien prête à ce qu'on s'reparle, mais tu vas pas commencer à me dire quoi faire pis comment faire, OK ? On peut prendre un café et discuter CALMEMENT de tout ça, mais c'est tout. Ça fait plus de six mois que t'es hors de ma vie pis je m'en sors très bien. Ça fait que… bye.

Fin du message. Pour effacer ce message, appuyez sur le 7. Pour le sauvegarder, appuyez sur le 9.

Message effacé. Deuxième message.

— Hey, J-F, c'est Vincent. J'vais aller droit au but. T'as l'air de filer mal pis ça me fait d'la peine. Ça fait un bon moment que j'essaie de t'appeler, justement, pour qu'on discute. J'te propose d'aller prendre une bière si tu veux. J'comprends que t'aies gueulé comme t'as fait hier au téléphone. Mais sache que j'pense pas qu'on puisse être amis comme avant. Y a des choses qui sont pétées. On peut faire la paix, mais pas plus. En tout cas… c'est une proposition. Rappelle-moi. Bye.

Fin du message. Pour effacer ce message, appuy…

Message effacé. Troisième message.

— Bonjour monsieur Gagnon: Brian Chrétien, responsable de l'admission au premier cycle, à l'appareil. Écoutez, j'ai reçu votre courriel et c'est en mon nom personnel que je vous retourne votre message via cet appel téléphonique. Premièrement, pour vous dire que vous êtes un imbécile et que vous pouvez, franchement, aller vous faire foutre. Deuxièmement, je crois que vous seriez un candidat de choix pour notre programme de création littéraire au premier cycle. J'ai envoyé une copie de votre courriel à certains enseignants du département de littérature francophone et ils sont unanimes quant à votre potentiel. Vous pourriez faire votre entrée au trimestre hivernal si cela vous chante. Vous n'avez qu'à me recontacter par courriel à la même adresse; on vous donne carrément un passe-droit. Je me souviendrai de vous. On ne rencontre pas des imbéciles comme vous tous les jours. Bonne journée et tâchez d'aller vous faire foutre dans l'honneur et l'enthousiasme.

Fin du message. Pour effac…

Message sauvegardé.

Bon. Maintenant que les choses ne se passent pas comme je le désirais, je dois descendre au salon avec la ferme conviction que, si la tendance se maintient, je vais me faire mettre à la porte de l'appartement à coups de pied au bide. Mais qu'à cela ne tienne. Je vais faire face à la musique une dernière fois. Car, parole de Jean-François Gagnon, c'est la dernière fois que je me tape ce genre d'échange à la con.

J'irai quand même affronter la tempête une ultime fois. Assis. Droit. Un homme. Je prendrai une dernière fois leurs propos en pleine gueule et par la suite ce sera fini. Oh que oui.

Dans le salon, tous les colocataires, et au milieu de la pièce, une chaise. Un air de déjà-vu.

Comme toujours, Alex prend la parole au nom de tous.

— Écoute, J-F, on a discuté beaucoup hier soir de ton cas. On reconnaît que ce n'était pas la chose la plus l'fun à faire, le coup du psy. Mais on persiste à croire que c'était nécessaire. On aurait pu te mettre à la porte ben avant ça et on l'a pas fait. On est prêt à accepter que tu restes dans l'appartement, mais on te réitère qu'il va falloir que tu descendes de temps en temps te mêler au groupe parce que là, c'est plutôt pesant, comme ambiance. De savoir que y a un dépressif suicidaire dans l'appartement qui pourrait se pendre n'importe quand… Change d'air un peu. C'est notre dernière offre. Tu fais un effort pour te mêler à nous ou sinon…

Message effacé. Pas de nouveau message.

●●●

Ça boucane dans ma chambre. Pas seulement à cause des Peter Jackson que j'enligne comme des *pop-sicles.* C'est que je fulmine. Je suis enragé ! Je viens de manger de la vache folle et j'ai les extrémités qui fendent l'air dans tous les sens ! Aaaaaaaaaarrrrrrrrgggggggghhhhhhhhh !

Fini les antidépresseurs ! Je saisis le pot de pilules et le jette par la fenêtre. J'oublie qu'il y a une moustiquaire et il me revient directement dans le front. Pas grave. Deuxième prise : je retire la moustiquaire et prends bien soin de lancer l'objet aussi loin que possible. Il atterrit en plein milieu de la rue. J'aurais aimé qu'il disparaisse derrière les triplex qui se dressent de l'autre côté. Mais je me console lorsque je vois ce mini-van bleu poudre qui lui roule dessus, ce qui a pour effet de provoquer un énorme *crack !* Quelle sensation ! Fini les pilules, fini le psy qui croit que je suis un menteur compulsif : dorénavant, je prendrai ma vie en main. Bon... déménageons maintenant. Je saisis ma télévision et la balance par la fenêtre. Ensuite, tous mes accessoires de bureau, suivis du bureau lui-même. On frappe à la porte. Je m'en fous. Alex qui parle au nom de tous.

— Jean-François ! Laisse-nous entrer ! On va parler !

Parler ! Parler ! Depuis le temps qu'on parle ! Peut-on cesser de parler, une fois pour toutes, et poser un geste concret qui mène à quelque chose ? J'en pose un, là ! Je déménage !

Le matelas passe difficilement par la fenêtre, sauf si on le plie en deux. Je m'exécute, ce qui me demande toute une contorsion. S'ensuit maintenant ma base de lit en fer, pièce par pièce. À ma grande surprise, lorsque la partie avant de mon lit tombe sur la voiture qui est stationnée devant l'appartement, le pare-brise vole violemment en éclats. Bonheur ! Joie ! Passons maintenant aux vêtements. J'en fourre quelques-uns dans un sac à dos qui contient quelques babioles, juste au cas. Le reste se retrouve en bas de la fenêtre avec les meubles. Mais des vêtements sans commode, c'est salissant, non ? Alors je balance mes commodes en bas. Deux voitures de police freinent brusquement devant l'appartement. Je reviendrai donc pour les tiroirs.

J'empoigne mon sac et j'ouvre la porte. Tous mes colocataires sont là. Je fonce dans le tas. Je descends. Une porte donne sur le balcon tout au fond. Si je peux atteindre le dédale de petites rues résidentielles qui se trouvent derrière l'appartement avant que la police n'encercle l'édifice, je serai sauvé. Je connais bien le quartier, je pourrai me cacher dans cette petite ruelle sans nom, entre deux poubelles, et attendre que ça se calme. Je passe donc la porte. Je dévale l'escalier. C'est le balcon du voisin de dessous, je dois me rendre un palier plus bas. J'entends grenouiller au-dessus de ma tête. Mauvais signe. Je dévale l'autre escalier. Je saute. L'asphalte. Je roule, me relève. Dix mètres me séparent de la ruelle et je les franchis tête première. Ça prend une éternité.

Je parcours un premier mètre. La violence avec laquelle mes pas rencontrent l'asphalte provoque une onde de choc qui remonte jusque dans ma tête. La scène se déroule au ralenti. Quelle drôle de sensation. Je ne me suis jamais pressé pour quoi que ce soit auparavant. Et me voilà au pas de course.

Deuxième mètre. Crisse que c'est long. J'entends les agents de la police qui ont atteint le balcon de ce qui était mon appartement il y a encore une minute. J'ai peur qu'ils me tirent dessus. En même temps, qu'ai-je fait qui mériterait une balle dans le dos ? Un peu de grabuge, j'en conviens, mais bon, de là à s'énerver le poil des jambes…

Troisième mètre. Devrais-je arrêter ? Être accusé de délit de fuite, c'est pas l'idéal, surtout si on veut un jour se trouver un emploi au gouvernement. Mais qu'est-ce que je raconte ?

Quatrième mètre. Je perds pied mais ne tombe pas. Mes jambes ramollissent. Se pourrait-il que je sois en train de péter un plomb ? Assurément ! Franchement, je me demande après quoi je cours comme ça. Je fuis, ça, je sais. Mais vers quoi ?

Cinquième mètre. J'aurais peut-être dû assurer mes arrières avant de m'arranger pour avoir la police au cul. J'ai vingt et un ans, c'est un peu jeune pour foutre ma vie en l'air. En même temps, j'aurai toute la vie devant moi pour éponger les dégâts. J'arrête ?

Sixième mètre. La mi-chemin est derrière moi. Les flics aussi. Je les entends bien : ils viennent de sauter sur le balcon du voisin d'en-dessous. J'en ai fait davantage qu'il ne m'en reste à faire. Trop tard pour reculer. Je fonce.

Septième mètre. Le trottoir est juste là ! Il ne demande qu'à être foulé de mon pied. Si j'avais un bras de vitesse, je passerais en sixième, mais je suis plutôt sur le pilote automatique. Ça court tout seul et je n'y peux rien.

Huitième mètre. Je ne sais pas où aller, ni que faire de ma vie. Mais bon, c'est normal. On ne berne pas le destin grâce à une longue période de préparation. Il faut se jeter dans le vide si on souhaite vraiment une révolution. J'en sais quelque chose. Je crois de plus en plus à l'instinct de survie. Surtout en ce moment.

Neuvième mètre. Moment déterminant. Et comme chaque fois que j'aborde un moment décisif, j'ai peur et je me rétracte. Je suis Québécois après tout. Mais là, je crois avoir trouvé un bon truc : me donner un élan rocambolesque. Comme ça, même si j'en viens à chier dans mes culottes, je n'aurai pas l'espace suffisant pour décélérer et m'arrêter.

Dixième mètre. Le trottoir. Je tourne à droite, à gauche, traverse le parc, traverse la rue, à gauche dans la ruelle, et je me glisse sous un balcon entre deux sacs-poubelle noirs et j'attends. Personne. J'ai réussi. En partie, du moins. Il me reste encore une chose à faire. Et c'est à Baie-Comeau que ça se passe.

●●●

Un peu d'auto-stop et je me retrouve ici, à la jonction des autouroutes 20 et 30, le pouce en l'air depuis deux heures. Anecdote farfelue: un énorme camion m'a aperçu sur la chaussée il y a environ une heure. Comme il filait très vite, il a mis plusieurs mètres pour décélérer avant de s'immobiliser si loin qu'il a embarqué un autre auto-stoppeur qui se trouvait à trois cents mètres. Quelle merde. Mais qu'à cela ne tienne, car je me sens bien. En temps normal, j'aurais rebroussé chemin après un épisode de la sorte, mais j'ai toujours confiance que quelqu'un d'autre m'embarquera d'ici peu. C'est que j'ai un but, maintenant. Je vais retrouver Julie et jouer le tout pour le tout. J'ai eu la présence d'esprit, durant mon « déménagement » improvisé, de fourrer dans le fond de mon sac la lettre qu'elle m'avait envoyée il y a un moment déjà. J'ai donc son adresse et une photo d'elle et de sa copine. Il ne manque plus qu'un dix-huit roues et un chauffeur sympathique.

Le pouce en l'air, j'observe les voitures qui ne s'arrêtent pas. Il y en a des rouges, des bleues, des vertes, je m'en fous. Il y en aura bien une, peu importe sa taille, sa couleur ou son modèle, qui comprendra. Il y en aura bien une qui verra, l'instant d'une seconde, que je suis en mission, et que si rien n'est fait pour m'arrêter de toute façon, aussi bien m'aider immédiatement et s'éviter à tous un suspense inutile. Cette voiture s'arrêtera dans un crissement de pneus, elle manquera de prendre le fossé qui longe l'autoroute et, une fois hors de danger, son conducteur en ouvrira nerveusement la portière en me priant de monter le plus rapidement possible dans son véhicule. « Allez, me dira-t-il, dépêche-toi, on a pas toute la vie ! Tu l'as déjà laissée filer une fois, tu le feras pas deux fois ! T'es déjà chanceux d'avoir une deuxième chance, de grâce, ne la bousille pas ! » et je ne répondrai rien, je ne ferai que me poser silencieusement sur la banquette de cette voiture qui ne sera pas grosse et qui ne clinquera guère davantage. Puis je me laisserai porter jusqu'à l'inévitable avec un sourire en coin. Un rendez-vous logique avec l'Histoire.

Malheureusement pour moi, il s'agit plutôt d'une voiture de police qui s'immobilise sur l'accotement. Je ne courrai pas. Je n'ai plus peur maintenant. Et de toute façon, comment pourraient-ils être au courant que je suis en cavale, alors que même moi, je n'avais aucune idée de ma destination après cette fuite soudaine ? Ce n'est quand même pas écrit sur mon front. Ils ne se sont pas dit : « Ah ! Tiens ! Le gars, là-bas, y a l'air d'un fugitif. » Peut-être me cherchent-ils dans le centre-ville de Montréal. Mais pas ici, ça va de soi.

La voiture recule jusqu'à moi puis s'immobilise à nouveau. De la fenêtre du côté passager, une main me fait signe de m'approcher. J'obtempère. À l'intérieur, le prototype d'un petit garçon qui a trop regardé *Miami Vice* et qui a voulu en faire une carrière. Malgré le temps gris, il porte des lunettes d'aviateur. Et une barbe rase et anguleuse.

— Écoute, mon grand, si tu veux faire du pouce, faut que tu fasses ça à la bretelle, pas sur l'autoroute.

Il doit avoir à peu près mon âge. Mais que répondre à ce connard ? À part « oui monsieur » ?

— On peut te faire un *lift* jusqu'à la prochaine bretelle, mais si on te repogne, c'est une amende.

Oui monsieur, merci monsieur, vous êtes très beau et fort.

J'obtempère. Mon côté judéo-chrétien dirait que tous les parcours sont faits d'embûches et que toutes les joies sont faites de peines et qu'il est normal que Dieu ait mis sur ma route ces deux énergumènes. Et mon côté terre-à-terre dirait que y a des trous d'cul partout. Dans un cas comme dans l'autre, me voilà maintenant sur la banquette arrière d'une voiture de police jusqu'à la prochaine bretelle. Ironique. La police m'aide à fuir la police.

Et s'ils recevaient un avis de recherche avec ma description par radio ? Je pourrais difficilement être plus cuit que ça. Oups. Bon… impossible qu'ils reçoivent un avis ou quoi que ce soit du genre. Ils doivent croire que je suis caché quelque part à Montréal. À moins bien sûr que je donne mon nom à mes conducteurs. Mais je ne suis heureusement pas assez con pour faire une telle chose. Je devrais m'en inventer un autre, au cas où. Pablo, Serge ou Dimitri. Pourquoi pas les trois, tiens.

L'un d'entre eux me lance quelques coups d'œil furtifs par le rétroviseur. J'essaie de ne pas trop y penser. Je me concentre sur le ronronnement du moteur, sur les conifères qui bordent l'autoroute 20. Un panneau indique qu'une halte routière se trouve à deux kilomètres d'ici. Peut-être pourrais-je leur demander de m'y déposer.

— C'est drôle, mais …

Le policier laisse sa phrase en suspens. Je ne sais pas pourquoi mais ce début de phrase me fout dans un sale état. « C'est drôle mais… » laisse sous-entendre qu'il pense à quelque chose. Et un policier qui pense, ce n'est jamais bon. Peut-être est-ce le froncement de sourcils qui accompagne cet œil inquisiteur, ou encore cette familiarité déplacée dans son regard qui sied à tout jeune policier pédant qui se respecte.

— Monsieur Gagnon, hein ? Jean-François Gagnon ?

Quoi ?!? Comment est-ce possible ? Je suis fait comme un rat ! Tous ces efforts pour rien ! Tout ça pour rien ! Mais comment est-ce possible ? C'est absurde ! Je n'y crois pas !

Le conducteur me regarde avec un demi-sourire, probablement fier de sa prise. Quelle catastrophe. Je suis décidément voué à l'échec ! Mais…

— Tu me reconnais pas, hein ?

Il me dévisage par le rétroviseur avec un sourire qui se veut de plus en plus niais et de plus en plus intime. Je ne sais trop pourquoi mais l'expérience me donne de plus en plus le goût de vomir. Ça ne semble pas réciproque car il s'esclaffe bruyamment, tapant même le volant de sa main.

— Fais un effort, Jean-François! Ha ha ha!

Je ne comprends plus rien. Ça tourne. J'ai mal à la tête. Tout s'embrouille. La voiture décélère et s'engage dans une bretelle. Ça y est, je suis fou. On se range sur l'accotement. Je sors et puis je gerbe avant même d'avoir posé mon deuxième pied au sol. Le conducteur éclate de rire. Son acolyte aussi. Pour ma part, je retrouve peu à peu mon souffle et mes esprits. Je m'appuie contre la voiture et me relève.

— C'est pas vrai! Tu te rappelles, avoue!

Oui, je me souviens.

Il faisait partie des trois. J'ai reçu son crachat et son sperme, il y a plus de onze ans.

— T'as changé! J't'ai pas reconnu sur le coup!

Oui, j'ai changé. J'ai pris onze ans à me remettre de ce que tu m'as fait.

Onze ans.

Ça en fait du temps pour changer, hein? Je m'y suis consacré pleinement durant ces années. Au changement. J'en ai fait une idée fixe. J'ai essayé de ne rien reconnaître de moi, de cet enfant de dix ans qui a été battu à répétition, humilié quotidiennement. Qui a été violé, oui, violé ! Ça se peut, tu sais ? Un gars violé par un autre gars ! Pour toi, c'est une connerie de jeunesse, ça se voit dans tes yeux que tu t'en rappelles à peine, que tu n'as pas vraiment de remords, mais moi, tu as ruiné ma vie, tu m'as enlevé le goût d'espérer, espèce de grosse larve pleine de foutre ! J'ai tout tenté pour effacer cet enfant de dix ans qui a été votre victime, à toi et à tes deux amis ; tout tenté afin que je puisse le regarder en photo, cet enfant que j'étais, et en parler à la troisième personne ! Je me suis réinventé de A à Z ! Oui oui, j'ai fait pousser mes cheveux, ma barbe, et j'ai cessé de manger depuis quelques mois alors je suis mince comme une brindille, rien à voir avec mes rondeurs de jeunesse, et aussi, je ne porte plus de chemises à carreaux, préférant les t-shirts moulants aux logos *underground*, mais tu m'as quand même reconnu après un certain temps, n'est-ce pas ? Peut-être que je pue encore ton sperme, que tu m'as reconnu à l'odeur ? Peut-être qu'on ne change jamais complètement, au fond, hein ? Qu'on reste toujours à la base l'enfant qu'on a été ? Je pourrais devenir un grand acteur célèbre ou un chef d'État que tu me verrais toujours comme une sous-merde, hein ? Comme un gros *kleenex* ?

— Ça va, Jean-François ? Tu as l'air bizarre.

Et comment si ça va ! Mon tortionnaire, c'est rendu une police ! Une p'tite crisse de police ! Je l'ai imaginé en prison, je l'ai imaginé enrôlé chez les *Hell's Angels* ou, mieux encore, mendiant, *junky*, pogné dans une ruelle à essayer de passer l'hiver sans perdre un autre orteil à cause des vagues de grands froids ! Je lui ai souhaité la mort, la torture, la lapidation. Finalement, il revient d'entre les morts, dans un costume de police. Parce que c'est comme ça la vie. Le passé ne meurt jamais ; il n'est même pas passé.

— J'peux faire quelque chose pour toi ? me dit-il.

Oui. Ramène-moi à Montréal.

●●●

La défaite, encore. Être passé si près du but, cette fois. Malgré la convergence, malgré cet élan rocambolesque. On se dit qu'en y laissant tout, qu'en faisant fi de tout ce qui est, on ne pourra que se remettre à bouger. Et pourtant non. Le front contre la voiture, le nez pressé lourdement contre la fenêtre de la banquette à l'arrière, je regarde défiler le même paysage en sens contraire, avec ces mêmes rangées de pins, ces mêmes fossés bordant la chaussée, et ces mêmes casse-croûtes miteux détenus par les mêmes corporations nord-américaines ; les McDonalds, Starbucks, Tim Hortons et j'en passe. Les mêmes façades laides, les mêmes noms de villages qui commencent par Saint. Comment pouvais-je perdre à nouveau ? Comment était-ce possible ? N'avais-je aucune autre option, après tout ? N'était-ce pas évident que je ne pouvais faire autrement que de me rendre auprès de Julie ?

Défaite.

Gravée à jamais dans ma chair. Quel idiot je fais. Moi, Jean-François Gagnon, né pour ne pas perdre ? Il fallait être foutrement à côté de la plaque pour penser une telle chose. La défaite, elle me suivra toujours. C'est la défaite qui m'a pissé dessus. Et c'est la défaite qui me ramène en ville dans un costume de police.

Plus rien n'a d'importance, désormais. Il faut apprendre à se résigner, un jour ou l'autre. Voilà: j'abdique. Je vous laisse me marcher dessus. Utilisez-moi comme bon vous semblera. À quoi bon. Si « on ne change pas une formule gagnante », comme le veut l'expression, j'imagine qu'on ne change pas un être perdant non plus.

Alors que nous approchons du pont Jacques-Cartier mes chauffeurs optent pour la fréquence radio de la métropole. Je ne panique même pas. D'ailleurs, quelques instants plus tard, je n'ai même pas réagi lorsque j'ai entendu mon nom et ma description par le biais des haut-parleurs. Et je n'ai guère réagi davantage lorsque mon cancre d'ancien voisin a commencé à me lire mes droits. « Je n'ai pas d'autre choix que de t'emmener au poste » qu'il m'annonce d'un air grave. Mais moi, je m'en balance complètement. Je veux simplement qu'on ne me parle plus jamais de Julie. Emmenez-moi en cellule, collez-moi un procès, *whatever.* Mais de grâce, n'en parlons plus jamais, et passons à autre chose.

CHAPITRE 11
MON SCANDALE DES COMMANDITES

Ne pas revenir sur ce qui n'est plus.

Le passé n'est pas mort, il n'est même pas passé. Comme si les souvenirs étaient constamment tapis dans l'ombre, non loin de soi. Comme s'ils n'attendaient qu'un signal de ma part pour venir me rejoindre et me bercer mélancoliquement dans la plus lente des complaintes, jusqu'à ce qu'il ne reste plus rien à bercer qu'une carcasse qui n'est plus, qui n'est que passé, elle aussi.

Papa est venu payer ma caution. Il m'a promis de défrayer éventuellement tout ce qui aurait un rapport quelconque avec ma convocation en cour ou encore avec une possible sentence. Il compte m'héberger à

Sainte-Anne le temps que je me trouve un nouvel appartement. Le pauvre. Il s'occupe de tout comme quand j'étais gamin. Ça me fâche. D'autant plus que ce n'est pas lui à qui j'ai fait appel du poste de police, mais plutôt à ma mère. Probablement a-t-elle passé le message au paternel et s'en est-elle lavé les mains, la garce.

On roule sur l'autoroute à cent à l'heure. J'ai l'impression que je vais frapper un rempart d'un instant à l'autre. Chaque kilomètre me rapprochant de cette ville maudite me hérisse un peu plus. Sainte-Anne est la ville de mes voisins pervers, de ma vache de mère, de mes longues journées à l'école à me faire tabasser ; c'est aussi la ville de Julie, du *Woody's* et de Trudel. Je pourrais me laisser envahir par de noires pensées gluantes comme du foutre et du coup comprendre pourquoi je tremble à l'idée de revenir dans cette ville ; je pourrais également opter pour un souvenir heureux, avec Julie par exemple, et relativiser les choses, me dire qu'il n'y a pas que de la merde dans ce coin, même si Julie n'y réside plus. Seulement, je ne veux pas faire ce choix. Je m'accroche au déni comme le naufragé s'accroche à sa bouée.

Mais voilà, tout est tellement pareil, au même endroit, dans les mêmes couleurs. Le bar *La Martinique* n'est toujours pas rentré chez lui sous les tropiques. Des enfants jouent toujours au baseball sur le terrain du parc Central et un autre souffre-douleur a fort probablement pris la relève, pendant que d'autres tortionnaires ont repris le flambeau que leur ont tendu mes trois voisins. Le *Woody's* est toujours aussi hétéroclite qu'à l'accoutumée. Impossible de penser à autre chose que ce qui fut. Je suis fatigué.

Une fois à la maison, mon père me prépare silencieusement à bouffer pendant que je zappe de son canapé. J'essaie d'éviter tout contact auditif ou visuel avec lui et je crois que c'est réciproque. Car lorsqu'on y pense, ma situation est désolante. J'ai saccagé mon appartement, fui la police, je me suis retrouvé en prison après mon arrestation, et la seule façon que mon père a trouvée de jouer son rôle de père et de me venir en aide d'un amour inconditionnel, fut de procéder en silence. Nous faisons semblant que nous ne savons rien. Le déni triomphe de tout.

À la télé, il n'y en a que pour la course à la direction du Parti Québécois. Le nom d'André Boisclair est sur toutes les lèvres. Peut-être aurons-nous un premier leader provincial gay et cocaïnomane à la tête du gouvernement du Québec ? Décidément, on aime bien les histoires de rédemption. On se croirait à *Star Académie.* Du salon, j'entends papa qui grogne. Ce n'est pas tant qu'il ait une dent contre Boisclair, qu'il n'affectionne pas particulièrement – il lui rappelle Pierre-Marc Johnson, un autre feu de paille –, mais je crois qu'il déplore la faible qualité des prétendants, bien qu'ils soient nombreux. La seule alternative potable à celui qu'il surnomme « André *Sex Machine* » serait Pauline Marois, alias « Ma tante Pauline ». Où sont passés les Lévesque, Parizeau et Bouchard ? Ce sera pour une prochaine fois.

●●●

Un bruit sourd. Je me réveille. Qu'est-ce que c'est ? Une porte enfoncée ? Un corps qui cède et qui s'affale ? Peut-être même les deux ?

Mon corps est engourdi de fatigue. La montée d'adrénaline de la veille m'a complètement vidé, je voudrais dormir jusqu'à ce qu'on oublie mon existence, jusqu'à ce qu'on ne puisse dissocier les draps de mon épiderme. Mais en bon trouillard que je suis, je préfère m'extirper tant bien que mal de mon lit et aller à la rencontre de ce bruit étrange, histoire de m'assurer qu'il ne s'agisse pas d'un meurtrier à la hache. Il y en a tant au Québec après tout…

Je ne suis pas complètement éveillé, et donc je perçois chaque sonorité comme si j'avais des cannes de bines sur les oreilles. Mais malgré tout, je distingue facilement la voix de mon père. D'autant plus qu'il s'engueule avec ma mère au téléphone.

— T'es vraiment une crisse, toé ! Avec toute l'argent que j'te donne, sacrament, tu me feras pas croire qu'y te reste plus une cenne pour aller payer sa caution !

La porte de ma chambre grince longuement à mesure que je l'ouvre et je ne serais pas surpris que mon père sache que je l'écoute. Il sait l'opinion que j'ai de maman, et même s'il n'en parle jamais devant moi, je sens qu'il n'en pense pas moins, ça suinte par ses pores tant il la maudit autant que moi.

— Payer la moitié? NON! J'vais m'en occuper tout seul! Tu voulais pas payer, tu voulais pas t'occuper de ton fils, ben assume. Demande-toi pas pourquoi il t'aime pas la face après ça.

Il frappe la table de son poing droit pendant que le gauche tord pratiquement le combiné. C'était donc ça, ce bruit qui m'avait réveillé: la sainte colère paternelle.

— Tu sais quoi? Ta pension, tu l'auras plus. Je t'enverrai plus une crisse de cenne.

Et bang! le combiné du téléphone éclate en mille morceaux en se fracassant contre le mur du salon. Mon premier réflexe, étrangement, est d'ouvrir la porte et de m'avancer vers ce qu'il reste de l'objet afin d'en ramasser les débris. Alors j'ouvre la porte, mais je fige dans l'embrasure. Mon père me scrute d'un œil inquisiteur. J'ai peur, mais je ne sais pas pourquoi. Des images de violence me montent à la tête: une seconde il lève la main sur moi, l'autre il me balance le bottin téléphonique à la figure. Complètement ridicule de croire mon père capable d'une telle chose. Mais comme il n'a jamais posé ne serait-ce qu'un doigt sur moi, il me semble logique qu'il finisse par le faire un jour, et peut-être que ce jour-là c'est aujourd'hui. Je l'espionne depuis ma chambre alors qu'il est hors de lui. Il aurait toutes les raisons du monde de vouloir déverser sa colère contre moi, non ? N'est-il pas comme tout le monde après tout ?

— Assieds-toi.

Je crois qu'il s'agit de la toute première fois depuis ma naissance qu'il s'adresse à moi sur un ton de père. Alors je m'assois par terre comme un gamin et le regarde d'en bas. Il me paraît si grand tout à coup.

— Tu sais, Jean-François, l'une des raisons pour lesquelles je n'ai jamais interféré dans tes choix, c'est parce que ce sont tes choix, justement. C'est précieux, les choix. On peut les critiquer ou les remettre en question, mais la possibilité de choisir, c'est ce qui fait de toi un homme. N'oublie jamais ça.

Ça passe de travers dans ma gorge.

— Tout se choisit jusqu'à un certain point. Tu peux choisir d'être heureux ou de te vautrer dans ton misérabilisme ; tu peux choisir d'aimer quelqu'un ou pas, de t'aimer ou pas ; t'as même une variété de choix qui s'offre à toi lorsque tu te fais tabasser. Tu peux choisir de pleurer ou de rester silencieux ; tu peux choisir de canaliser cette expérience et en faire quelque chose de bien ou encore de traîner cette histoire-là jusqu'à la fin de tes jours. Tu vois le téléphone ? Il fallait que je le détruise, alors j'ai fait le choix de le lancer sur le mur plutôt que sur le plancher.

Il semble posé, voire serein. J'ai l'impression qu'il pourrait mourir après cet exposé, comme s'il me livrait son testament.

— Quand j'étais jeune, mes parents me disaient que mes choix me suivraient toute ma vie. Mais vois-tu, Jean-François, en vieillissant, je me rends compte qu'au contraire, ce sont mes non-choix qui restent jour après jour. Ta mère, par exemple, je l'ai pas choisie.

Impossible de répondre quoi que ce soit. Ce n'est pas tant que ce soit un choc car je n'ai pas vraiment de souvenirs d'enfance où mes parents me semblaient amoureux. Je suis plutôt estomaqué devant la candeur dont fait preuve mon père en ce moment même, lui qui ne se dévoile que rarement. Je me doutais bien qu'il s'était marié, comme beaucoup d'hommes de sa génération, avec la première venue, parce qu'il le fallait tout simplement. Mais je ne savais pas qu'il le regrettait à ce point.

— Dans le temps, j'étais l'un des seuls gars de mon entourage à ne pas avoir de femme et ta mère était en quelque sorte dans la même situation. Je me rappelle parfaitement les doutes que j'avais sur la pertinence de notre union, de mon indifférence la plus complète à son égard, et lorsqu'elle m'a suggéré qu'on se marie, je lui ai dit « OK » sans aucune conviction. Je me suis laissé porter par la vague, sans jamais me prononcer, et aujourd'hui, j'en paie le prix, et pas seulement monétairement.

Est-ce un choix de ne rien lui dire, de ne pas lui répondre ? Si l'on ne peut pas répondre de toute façon, est-ce réellement un choix ?

— À cinquante-trois ans, il est trop tard pour moi. Je ne me connais plus, je ne sais plus qui je suis. J'aurais dû la quitter bien avant 1995. En fait, j'aurais dû la quitter avant même notre mariage en 1982, mais voilà, j'ai attendu d'avoir les conditions gagnantes pour le faire, et comme ça n'existe pas, c'est trop tard, je n'ai plus de projet, plus d'espoir, je n'aspire à rien d'autre qu'attendre tranquillement que ça se termine en étant le plus confortable possible. Je vais sûrement crever la gueule ouverte dans un LA-Z-BOY devant un écran de télé haute définition en croyant adoucir la fin de mon existence. Mais crois-moi, je vais souffrir cent fois plus lorsque je repasserai le film de ma vie et que je n'y verrai qu'un court-métrage de trois minutes de bonheur.

●●●

Ce soir, papa a sangloté si fort dans sa chambre qu'il n'a pas osé la quitter avant de s'être assuré qu'il n'avait plus rien à pleurer, alors son cœur s'est brisé et il a fait un infarctus. Il n'en mourra pas, physiquement du moins.

●●●

Je me suis tapé la sale besogne de prévenir tous les proches de mon père qu'il était hospitalisé, qu'il aimerait bien que vous passiez lui dire un petit bonjour, qu'on a toujours besoin de ses amis dans ce genre de situation et que vous êtes plus que les bienvenus, bla bla bla.

Mais je ne téléphonerai pas à maman.

Je vais lui annoncer la chose en face.

●●●

Je ne comprends pas.

J'ai bel et bien noté l'adresse de maman avant de quitter Sainte-Anne ! J'ai soigneusement transcrit chacun des chiffres et chacune des lettres du carnet d'adresse de mon père dans mon cahier de notes, donc logiquement, ça doit être la bonne, non ? Il lui envoie ses chèques de pension tous les mois, merde, ça ne peut pas être une erreur !

Je suis passé une fois chez elle à l'improviste, il y a quelques mois de cela, pour lui demander du fric. Je m'étais visiblement gouré d'adresse puisqu'une petite Haïtienne m'avait ouvert la porte. Alors pourquoi me retrouvé-je devant cette même maison ? C'est tout simplement impossible. Que faire ?

Téléphoner à ma mère. Mais comme je n'ai pas de cellulaire, aussi bien entrer dans cette foutue maison et demander à la p'tite Haïtienne de me prêter son téléphone.

C'est encore une fois la fillette qui m'ouvre. Noire comme de l'ébène, timide comme une bonne sœur, mignonne comme une fleur. Elle m'observe comme elle peut, mais elle semble incapable de soutenir mon regard. Je lui demande donc le plus gentiment du monde si je peux m'entretenir avec ses parents puisque j'ai besoin du téléphone.

Après quelques secondes d'hésitation:

— Mamaaaaan...

— J'arrive, ma chérie.

Cette voix...

Impensable.

C'est maman.

Je reconnais chacun de ses pas: cette démarche lourde et décidée, comme si elle écrasait des cafards chaque fois qu'elle pose pied. Je la sens, c'est elle, mais comment...

— Qu'est-ce que tu fais là? Comment as-tu eu cette adresse?

Et toi, qu'est-ce que tu fais là, dans cette maison, avec cette fillette, dans cette ville pourrie? Qu'est-ce que tu fais là à appeler cette Haïtienne « ma chérie »?

— C'est ton père qui t'as donné cette adresse?

Non, je la lui ai prise, maman. Je lui ai pris cette adresse comme tu lui as pris sa vie, comme tu as pris mon argent, et d'ailleurs, c'est là qu'il s'en va, mon fric? Ta pension, elle sert à faire vivre cette fille-là? Depuis quand t'as une fille, toi, d'ailleurs?

— Il voulait que tu vois ça, hein? Il voulait s'assurer que tu me détestes encore un peu plus? Ben voilà, c'est ma fille, Albertine. Vous êtes contents?

Ladite Albertine semble suffisamment intelligente pour comprendre que c'est le temps de se barrer dans sa chambre. Une présence d'esprit qu'elle tient peut-être de sa mère biologique, mais décidément pas de sa mère adoptive.

— Tu veux quoi ? De l'argent ? J'en ai pas. La p'tite me coûte cher ces temps-ci.

« La p'tite »… j'hallucine. Ainsi, j'ai une demi-sœur qui gobe tout l'argent que mon père verse à ma mère. Tout s'explique. Je me fais baiser depuis tout ce temps-là. C'est carrément indécent.

— Et si tu veux savoir, elle ne manque de rien, Albertine, elle a tout ce dont elle a besoin, mais je veux qu'elle ait droit à de vraies études dans de bonnes écoles, je veux qu'elle grandisse et qu'elle devienne une sacrée femme, quelqu'un de bien. Je crois en elle. C'est une petite fille allumée, gentille, docile, elle ne se plaint jamais, et franchement je vais tout faire pour qu'elle ne se ramasse pas dans une commune de hippies comme toi. Voilà, t'es content ? Tu veux être un adulte ? Tu veux faire à ta tête ? Alors ne vient plus me demander d'argent, compris ?

Je pourrais la plaquer contre le mur et l'étrangler, la saigner, la vomir. Je pourrais aussi foutre un bordel pas possible dans sa demeure et partir en courant. Mais voilà, je n'ai rien trouvé d'autre à faire que de tourner les talons et marcher lentement vers chez moi. Qu'on ne me parle plus jamais de maman.

Qu'on ne me parle plus jamais.

PARTIE 3

CHAPITRE 12
MA COMMISSION BOUCHARD-TAYLOR

— *What are you thinkin' about?*

Son sourire irradie la pièce. Hydro-Québec devrait foutre une femme comme ça dans chaque foyer de la province : énergie renouvelable, non polluante, qui fait même du bien à l'humeur et qui ne coûte pas grand-chose. Quelque chose comme deux bières, un peu d'écoute et une connaissance suffisante de l'anglais.

Je déteste néanmoins cette question que l'on me pose trop souvent. Je suis un homme silencieux. « À quoi penses-tu ? » Je ne parle jamais de moi, préférant laisser cette activité-là aux autres. Il y a tant de gens qui aiment parler d'eux que lorsqu'on a de bonnes oreilles, on est en demande. Pourtant, elle, Rebecca qu'elle se nomme, elle ne cause pas tant et pose beaucoup de questions. Mais que répondre à quelqu'un lorsqu'on est rien, qu'on est passé à côté de la plaque, que l'on se nourrit simplement du moment présent? Je me sens comme mon père.

Je lui souris et mordille son sein droit. Elle rigole, me repousse gentiment et, dans une pirouette hallucinante, se retrouve sur mon torse à me chevaucher sans même que je comprenne comment elle a pu se retrouver là, me tenant prisonnier entre ses jambes longues et raides.

— *This is my very first time with a French boy!* dit-elle en souriant.

Moi, c'est ma première fois avec une juive noire anglophone originaire de Toronto. Mais bon. Il y a toujours de grandes premières dans la vie, il faut simplement attendre et être ouvert. Je ne pourrai dire que je regrette celle-ci, surtout que cela m'aura pris une éternité avant d'entreprendre un dialogue concret avec cette fille que je côtoyais pourtant tous les jours.

Nous sommes en 2008. L'eau a coulé, les trains sont passés, le Canadiens s'est mis à remporter ses matchs de hockey, et je suis resté, ici, à Montréal, dans ma petite routine qui est celle de me chercher sans trop bouger. Quelques changements, cependant: fini la maudite politique, j'étudie maintenant la littérature, mais la création ne m'intéressant pas pour le moment, j'ai opté plutôt pour l'analyse afin de me permettre de faire progressivement mon trou dans ce nouveau domaine sans trop me casser la gueule. Choix judicieux, car lorsque je suis entré avec *Le roman des Jardin* sous le bras en début de semestre, on s'est bien foutu de ma gueule. Sinon, j'ai quitté l'épicerie et travaille maintenant dans un vidéoclub à Notre-Dame-de-Grâce, où j'ai d'ailleurs rencontré cette Rebecca, et finalement quitté mon appartement du centre-ville pour une petite merde de quatre-et-demi à Verdun, dans le secteur anglophone, que je partage avec un Haïtien, Victor, avec qui je m'amuse plutôt bien. Et je n'ai pas vu ma mère depuis trois ans. Voilà. Alors je lis des romans et des poèmes, je bois avec Victor et son amoureux lorsque ce dernier daigne cesser de travailler sept jours sur sept, je me rends à mon boulot et à mes cours et c'est tout. Ah, j'oubliais ; je baise Rebecca depuis cet après-midi.

— *Why don't you just talk to me ?*

C'est vrai. Pourquoi je ne lui parle tout simplement pas ? Je remarque que je ne lui ai pas dis un seul mot depuis une heure. Depuis que l'on a baisé pour la quatrième fois en ligne. Elle est là, chez moi. Elle assouvit mes plus bas instincts. Elle est gentille. À l'écoute. Elle veut s'intégrer. Me pose des questions. S'intéresse à moi.

Mais moi, je n'ai rien à lui offrir. Quelques histoires déprimantes qui me couvrent de honte. Un amour raté. Des choix que je n'ai pas faits. Une dépression qui a duré près d'un an. Un départ précipité de mon ancien appartement avec des policiers qui observaient mes moindres faits et gestes, de peur que je balance à nouveau tout mon mobilier par la fenêtre. Des travaux communautaires. Une demi-sœur illégitime. Un père au bout du rouleau.

De longues soirées à m'emmerder. Et quelques mensonges.

Désolé, *darling*, mais je n'ai rien à te raconter, je n'existe même pas.

Elle m'embrasse. Je pleure. On fait l'amour et elle remballe ses affaires.

●●●

Dehors, plusieurs familles de chômeurs boivent de la Black Label tablette sur leur balcon respectif, passant la bouteille du père au fils, du fils à la fille, de la fille à l'autre fils, qui la passe au grand-père, *oh no, thank you, I already had one, leave it to your mom*, la mère qui boit, qui repasse au père. Une famille unie. Victor et moi, seuls sur notre balcon du troisième, faisons cavaliers seuls, n'ayant pas d'enfants de dix ans à qui passer le goulot. Ça nous en fera davantage. C'est peu à peu devenu une tradition chez nous, dimanche + après-midi = balcon + bières. On se raconte nos semaines de merde. Ça nous remonte le moral. Au moins, on n'est pas seuls.

Au menu aujourd'hui : Victor qui a reçu une lettre de sa mère, malade et coincée en Haïti ; et moi qui suis sur le point de cesser de voir Rebecca parce que je n'ai rien à lui dire. C'est la fête, décidément. La maman de Victor, qu'il n'a pas vue depuis cinq ans, s'est cassé le pied et comme elle a été mal soignée, ce qu'il croit être la gangrène semble s'être installée dans sa jambe, s'il déchiffre bien les symptômes qu'elle lui a décrits. Pour faire une histoire brève, Victor était un étudiant modèle en Haïti, alors il a obtenu de généreuses bourses d'études pour étudier la médecine à l'étranger. Finalement, il a adoré le Québec et détesté les études médicales. Et il s'est fait un copain, Sébastien, avec qui il file le parfait bonheur malgré son absentéisme chronique. Il a donc abandonné sa bourse, obtenu sa citoyenneté canadienne et travaille comme commis pour un magasin de disques et de livres usagés, où il gagne le salaire minimum depuis trois ans. Et moi, bien, je ne suis pas capable de parler à une fille parce que je me trouve nul…

Bref, comme mes problèmes ne se comparent pas aux siens, je préfère que l'on m'oublie l'espace d'une journée afin que l'on se concentre sur quelque chose qui en vaille la peine. Évidemment, Victor est inquiet pour sa mère. Il lui a déjà envoyé de l'argent liquide par la poste à plusieurs reprises – elle n'a pas de compte bancaire, donc, inutile d'envoyer un chèque – mais elle n'en a jamais touché un sou puisque selon lui, le service postal haïtien est complètement corrompu et les employés fouillent souvent les enveloppes afin d'espionner certaines gens. Il paraît que ça brasse pour vrai, par là-bas. Rien à voir avec ici.

Victor m'étonne par sa sagesse. Moi, à sa place, j'aurais culpabilisé longuement! Ironiquement, il aurait pu devenir médecin et guérir sa mère. Ou tout simplement retourner dans son pays comme prévu et s'occuper d'elle. Mais non, Victor ne semble pas s'en faire outre mesure avec ça. Il en veut plutôt à son pays d'origine de fouiller le courrier, de centraliser les soins de santé alors que sa mère vit dans un petit village côtier, et il en veut à la mondialisation, à la traite des Noirs, à l'industrie de la canne à sucre. Complexe. Sans issue. La merde, quoi.

J'avale goulûment le fond de ma Saint-Ambroise blonde et en saisit une autre dans la caisse. Il fait une chaleur d'enfer. Victor m'imite à l'instant. Lorsque nous décapsulons nos bouteilles (en même temps), la conversation fait place au silence, comme si cela marquait un changement de sujet.

— À ton tour, mon ami, me dit-il avec le sourire. C'est cette fille, Rebecca, hein? Il t'est poussé de petits boutons depuis que tu l'as vue? Je t'ai déjà dit d'éviter les gonzesses.

J'éclate de rire. Décidément, Victor est plutôt posé lorsqu'il s'aventure dans les zones sensibles de la vie. Très rafraîchissant. Je lui renvoie une blague à mon tour et voilà, je réussis à éviter que l'on parle de mes problèmes pendant cinq minutes. Puis, il revient à la charge.

— Allez, Jean-François, dis-moi. Qu'est-ce qui ne va pas avec Rebecca ?

Je cogne ma bouteille contre la sienne et fais mine que rien ne va mal, que ce ne sont que des petits trucs désagréables, bla bla bla. Qu'est-ce qu'il veut que je lui dise ? Sa mère pourrait perdre un pied et peut-être même la vie qui se trouve au bout de ce même pied, et lui, peut-être qu'il ne pourra même pas voir sa dépouille parce qu'il n'a pas les moyens de se payer un billet d'avion. Et moi, je lui dis quoi ? « La vie est dure, mon Victor, j'ai de gros complexes d'infériorité qui m'empêchent d'entrer en relation avec les gens plus forts que moi ! » Je vaudrais une bonne paire de claques. Aussi bien me taire.

— J-F ! Allez ! Arrête de faire le mort !

Merde ! Il est insistant ! Si la tendance se maintient, il va bien finir par me sauter au visage et m'enfoncer son poing dans la gueule ! Je lui raconte seulement les grandes lignes et je ne sais trop pourquoi, j'ajoute quelques détails complètement fictifs à mon histoire pour qu'elle n'ait pas l'air trop banale. Puis je m'excuse de l'insipidité de ma déprime par rapport à la sienne. Étrangement, c'est à ce moment qu'il passe près de me sauter au visage.

— Mais t'es con ou quoi ? Tu vas quand même pas te mettre à te fermer la gueule à chaque fois qu'il m'arrive quelque chose ! Imbécile ! Tu crois que je vais faire quoi ? Te traiter de minable parce que tes problèmes ne se comparent pas aux miens ? Et d'abord, qu'est-ce que t'en sais, s'ils se comparent aux miens ou pas ? Je vais te dire : je trouve que ton problème est bien plus grave que le mien, Jean-François. Moi, ça ne traînera pas toute ma vie. Ça va faire un temps. Mais toi, si tu te fermes la gueule et que tu t'empêches d'exister chaque fois que tu te sens minable, tu vas le vivre au quotidien, ton problème. Tu vas pâlir, puis t'effacer. Tu vas disparaître de la carte, mon vieux.

Ma gorge se noue, ma salive passe de travers.

Disparaître.

Je n'avais jamais considéré cette problématique sous cet angle. Et si je disparaissais ? Quelle question abominable. J'imagine que ça passerait inaperçu. Je ne parle plus à ma mère, ni à personne d'ailleurs. Je n'ai que Victor, mais soyons francs, si nous n'étions pas colocataires je ne crois pas qu'il traînerait avec quelqu'un comme moi. On n'a jamais besoin de rabat-joie dans son entourage.

Je suis pétrifié. Simplement pétrifié. Le monde me paraît beaucoup trop grand à l'heure actuelle. Les chômeurs qui se saoulent en face me semblent à des kilomètres. Mes parents me semblent sur une autre planète. Et Julie… dans une autre dimension, celle des rêves impossibles. Même Victor me semble très loin, si loin que si je crevais d'un AVC sur ma chaise, il ne le remarquerait peut-être même pas. J'ai froid tout à coup. Je me lève et vais à la chambre enfiler un chandail, mais rien à faire, mon sang se fige, j'aurais besoin d'avaler un gallon d'antigel pour ne pas faire de caillots. Avant de rejoindre Victor sur le balcon, je prends le temps de m'asseoir sur mon lit afin de reprendre mes esprits. Les murs s'éloignent. Ça y est, je me coupe du monde.

Et je m'endors.

●●●

J'ai toujours eu cette manie de me refouler devant les gens que je croyais plus forts que moi. Ça ne date décidément pas d'hier. Je me rappelle ce garçon qui venait tout juste de débarquer à l'école au milieu de ma deuxième année du primaire. Il s'appelait Juan et bien qu'il soit né au Québec, il avait ce léger accent mexicain, probablement hérité de ses parents. Il ne connaissait personne, lui qui venait de Gaspésie, alors il était venu s'asseoir près de moi dans la classe après les présentations d'usage devant tous les élèves. Jusque-là, tout allait bien. Salut, salut. Moi c'est J-F, moi c'est Juan. Etc.

J'avais cette envie folle qu'il devienne mon meilleur ami. Une envie inexplicable de gamin, j'imagine. En fait, non. C'est que personne, dans cette classe, ne m'aimait. J'avais cru qu'un peu de sang neuf aiderait ma cause. À ses yeux, j'étais vierge. Je n'étais ni un pleurnichard, ni une tapette, ni un ci, ni un ça.

Puis, dans la cours de récré, je m'étais décidé à aller lui parler. Il était seul et semblait s'emmerder, tout comme moi. Je m'approchai donc de lui puis, au bout de quelques secondes à peine, on s'est mis à discuter d'un peu n'importe quoi. Ton sport favori ? Ton film préféré ? T'as déjà mangé ça, des cachous ?

Puis vint le moment fatidique. L'enseignant sortit un ballon de soccer et nous nous précipitâmes sur l'objet comme des bêtes sauvages. Deux chefs, deux équipes. Je fus choisi l'avant-dernier, tout juste devant Juan, qui semblait très gêné de la chose. Et quand la partie commença, ce fut la consternation.

Il était tout simplement incroyable.

Il contrôlait le ballon comme pas un, y allant de feintes que je n'avais jamais vues de ma vie, faisant le petit pont entre les jambes des défenseurs adverses qui agitaient les bras dans tous les sens (se trompant visiblement de discipline sportive). C'en était fait de Juan. Quatre buts et quinze minutes plus tard, ils l'ont encerclé. Où t'as appris à jouer comme ça ? De quel pays tu viens ? Est-ce qu'ils font tous des feintes comme ça dans le pays de tes parents ? Ah, lui ? C'est Jean-François. Un fif. Parle-lui pas.

De retour en classe, Juan s'était assis près de moi encore une fois. Il souriait à pleines dents. Il m'avait dit qu'il aimait bien les élèves de la classe et qu'un jour je devrais lui apprendre à jouer au hockey parce qu'il était vraiment nul à chier à ce sport.

Je n'avais su que répondre.

Alors j'avais menti.

Comme à plusieurs par la suite.

Je lui avais dit que lorsque l'hiver prochain arriverait, je lui montrerais à patiner. Qu'il pourrait venir me voir jouer, mon équipe et moi. Que j'étais un défenseur offensif robuste et agile. Pourtant, je n'avais jamais chaussé de patins de ma vie.

Je lui avais souri, puis je ne lui avais plus jamais adressé la parole par la suite. S'il fallait que je lui parle à nouveau, il découvrirait bien que j'étais un imposteur. Pas à sa hauteur. Je ne performais dans aucun sport, et d'ailleurs, j'étais un peu rondouillard à l'époque, donc peu agile. Je n'avais pas d'accent particulier. Ni son charisme, ni son aisance, ni son sourire. Il allait le remarquer.

Comme Rebecca. Comme Victor.

Les gens des autres peuples m'ont toujours fait cet effet, aussi. Je ne sais pas pourquoi, mais lorsqu'ils se présentent devant moi avec leur bagage culturel, je ne peux que plier les genoux devant tant de richesses et prendre mes jambes à mon cou. Les pires, ce sont les Noirs. Ils m'intimident. La plupart des pays africains ont connu des guerres sanglantes, des génocides, des famines immondes. Même chose pour Haïti. Et pourtant, ils gardent le sourire et restent forts. Y en a même deux d'entre eux qui veulent que je leur parle de mes problèmes.

Mais moi, je ne peux pas, voilà tout. C'est que je crois... non. Je ne crois pas.

Je sais.

Je sais, maintenant, que je ne m'aime pas.

Je n'aime pas ce que je suis. Ou plutôt, j'aime ce que je ne suis pas. Depuis toujours. J'ai mis cela longtemps sur le compte de la fatalité. Mais la vérité, c'est que je ne me suis jamais considéré d'une grande valeur. Plutôt comme une petite personne avec de tout aussi petits problèmes. Je ne me suis jamais laissé le droit d'avoir des problèmes, d'ailleurs. Je préfère les garder pour moi. Et oublier. Oublier mes trois voisins. Seulement, à force de refouler, de me construire une image, de nier ce qui ne va pas, je finirai simplement, comme disait Victor, par disparaître. Je deviendrai translucide, comme du plastique. Comme un *tupperware* avec rien dedans.

Bon. C'est dit. Maintenant, il faut remplir le *tupperware* avant qu'il ne soit trop tard.

●●●

J'ai cherché longuement une excuse pour réunir Victor et Rebecca autour de ma table. Mon choix s'est arrêté sur la Saint-Jean-Baptiste. Ironiquement, je n'ai jamais célébré un 24 juin avant cette année, la fête nationale d'un pays fictif ne m'intéressant guère plus qu'il ne le faut. C'est ainsi que nous nous retrouvâmes le 23 juin au soir à manger notre mets national, le plat congelé, dans l'une de nos habitations traditionnelles, le quatre-et-demi dans triplex. Ma mission : parler de moi.

Je dois parler de moi.

Dire qui je suis. Réellement.

C'est maintenant l'heure de déboucher la bouteille de mousseux bon marché que l'on s'est procurée pour l'occasion. Jusqu'à présent, je me suis plutôt effacé, fidèle à mes habitudes. Victor et Rebecca semblent s'amuser comme larrons en foire. Ils rigolent, se racontent des anecdotes, tentent de se comprendre malgré l'anglais approximatif de Victor. Je regarde. Je souris. Je me tais. Ce n'est pas le moment. Pas encore.

Dehors, c'est le calme plat. Seulement quelques familles qui boivent de la bière sur leur balcon pour faire changement. Sinon, les gens se sont rassemblés un peu partout, surtout au parc Maisonneuve, ou devant leur téléviseur à regarder ces mêmes gens au parc Maisonneuve. Rebecca me demande de mettre de la musique traditionnelle, alors je m'exécute. Après un bref tour de l'appartement, je trouve finalement quelques disques de musique traditionnelle québécoise : Marie Carmen, Simple Plan, Normand L'Amour, Belgazou. De retour sur le balcon avec mes deux comparses, je me cale dans ma chaise et je m'efface. Leurs blagues sont toutes excellentes alors je ne me risque pas à intervenir au cas où je briserais leur bonne humeur.

Pas le moment de parler de moi. Comme je me tais, je décide donc de boire davantage.

Je deviens rapidement saoul comme un marin russe. Beaucoup trop saoul, d'ailleurs, pour suivre leur conversation. Je crois que je dois avoir le même sourire depuis une heure tant j'ai mal aux joues. C'est que je n'ai pas ouvert la bouche ou presque depuis le début de la soirée et à force de ne rien faire et de sourire, on ne me pose même plus de questions.

Ah non…

Je crois que c'est normal, en fait, à leurs yeux. Que je sois là, à sourire, et surtout, à me taire. Je m'en rends compte à l'instant même… On tient maintenant pour acquis que je ne parle pas.

Ça y est.

Je n'existe plus.

Les feux d'artifice saupoudrent le ciel d'étoiles multicolores. C'est minuit. Mes deux amis se lèvent d'un bond.

Victor nous souhaite un pays et la paix dans le monde.

Rebecca nous souhaite de vivre en harmonie non pas malgré, mais grâce à nos différences.

Moi, j'explose en larmes.

Rebecca et Victor se précipitent à mes côtés et me demandent ce qui se passe. Je ne sens plus leurs mains. Les bras posés contre la rampe du balcon en fer forgé, le front appuyé contre mes bras, je pleure si fort que j'en bave par terre. Que la morve me sort du nez. Si la tendance se maintient, de la bile me coulera des oreilles, mes intestins fondront, je me transformerai en un résidu, en un restant d'humain. Ça ne cesse de sortir. Tout y passe. Je crois que je vais disparaître. Je vais faire une promenade. Une longue promenade.

ÉPILOGUE
MON TROISIÈME RÉFÉRENDUM

Julie,

Il y a quatre ans, à force d'arguments puérils mais opérants, j'ai su me convaincre de me refuser une raison d'Être en me dérobant à toi tel un voleur, fuyant pour la grande ville avec un sac à dos rempli d'arguments bidon et de promesses chatoyantes. Quatre ans plus tard, je ne peux que constater l'échec retentissant de ma démarche et me plier devant l'inévitable.

J'ai voulu te noyer dans l'alcool, te broyer dans le sexe crasseux, te perdre dans une fête continue et éternelle. Mais je n'ai rien fait de tout cela. Je t'ai plutôt égalisée au lithium et enfouie dans une vie de mensonges. Mais tant que je ne t'embrasserai pas, tout simplement, eh bien je ne pourrai plus continuer à avancer. Je vais tout simplement me répandre et disparaître.

Je dois te raconter une histoire. Celle d'un homme qui ne s'est pas choisi.

Il y a quatre ans, la vie cessait de s'acharner sur moi l'espace d'un été. Il y avait ce commerce, le Woody's, *tu te rappelles? J'y avais trouvé refuge, le temps de me refaire une nouvelle peau et d'éclore, enfin, à Montréal, cette ville qui me semblait pleine d'idéaux. Cet été-là, j'ai rêvé. Je ne savais pas ce qu'était un rêve jusque-là. On ne m'y avait jamais accoutumé. Mais pour la première fois de ma jeune vie, je cessai de me soucier de tout. Chaque jour abondait en promesses qui n'étaient pas grandes, mais qui étaient là, tout bonnement.*

Malgré tout, je ne t'ai pas choisie. J'ai préféré le Beau risque de la vie mondaine de la métropole, croyant que j'y trouverais encore mieux.

Et pourtant…

Une fois arrivé à Montréal, j'ai fait quelque chose d'ignoble. J'ai nié mon passé. Et je me suis inventé une vie.

Je suis devenu mythomane.

Cette ville avait si peu à m'offrir, Julie. Je ne m'y suis jamais totalement fondu. Pourtant, elle regorgeait d'humains de tous horizons, d'aventures de toute sorte, mais moi, si je ne peux pas me choisir, me construire seul, qui m'alimentera, qui me nourrira ? Je me suis raconté tant d'histoires, j'ai menti à tant de gens que j'en suis venu à ne plus savoir qui j'étais et à m'isoler dans ma chambre, à m'écrire une vie fictive afin d'échapper au réel, un réel si ennuyant et si difficile…

Je ne savais plus comment justifier mon inaction. Il me fallait croire que de m'être soustrait à toi en valait réellement la peine et je me suis aperçu assez rapidement qu'il m'était impossible de pallier mon manque de toi. Alors je me suis inventé des amantes, des histoires folles, des hauts et des bas, mais tu vois, je n'en peux plus de mentir, aux autres comme à moi-même, car je ne sais même plus qui je suis, je vais peut-être disparaître.

Je ne saurais expliquer exactement pourquoi je ne t'ai pas choisie, et du même souffle, pourquoi je ne ME suis pas choisi non plus. Peut-être était-ce trop évident ? Un soir, mon père m'a dit qu'un homme est fait de ses choix, or, je crois avoir refusé d'être un homme ce jour-là où je t'ai fuie pour la métropole. Il m'a aussi dit d'un même souffle que ses « non-choix » l'avaient tué.

Il a failli y passer. D'ailleurs, j'ai failli y passer moi-même.

Hier, après avoir fêté la Saint-Jean-Baptiste avec deux amis, je me suis rendu en pleine nuit sur les rives du fleuve Saint-Laurent pour m'y jeter au fond. J'y ai cherché un pont et, lorsque j'en ai trouvé un, j'ai marché jusque dans le milieu.

Et tu sais ce que j'ai fait, une fois au centre?

J'ai marché jusqu'à l'autre côté.

J'ai pensé à toi et je me suis dit que tant que je n'aurais pas essayé, je ne pourrais pas commettre un tel acte.

Alors j'essaie.

Lorsque tu liras cette lettre, je serai en route vers Baie-Comeau. Peut-être es-tu encore avec cette fille. Peut-être pas. Mais je sonnerai à ta porte pour te dire tout ce que je ne t'ai jamais dit. Je te montrerai mes blessures, mes cicatrices, et tout mon mal-être. Tu me diras ce que tu voudras.

Cette fois, au moins, je te choisirai pour de bon.

POSTFACE

GENÈSE DU PROJET

Au départ, devenir écrivain ne m'intéressait pas outre mesure. L'idée me laissait même totalement indifférent. Ma préférence allait plutôt au septième art, à vrai dire. Je souhaitais tourner des longs métrages, de beaux grands films avec de belles grandes images et de beaux grands acteurs. Après tout, ne suis-je pas un enfant de la génération MusiquePlus? N'ai-je pas grandi devant mon téléviseur? L'écran plasma. La pop. L'objectif de la caméra. Voilà l'univers de mon enfance. Je l'assume pleinement.

En vieillissant, mes goûts se sont peut-être affinés, mais mes desseins sont demeurés les mêmes. Les films de Sylvester Stallone ont cédé le pas à la cinématographie d'Agnès Jaoui. Les coups de pied de Jean-Claude Van Damme ont fait place à l'œuvre complexe de Gilles Groulx. Mais mon amour pour le cinéma, lui, est demeuré intact.

Si la tendance se maintient n'est donc pas un rêve de jeunesse. Et ce n'est pas non plus une façon d'exorciser mes démons ! Car NON, il ne s'agit pas d'un roman d'autofiction.

En fait, *Si la tendance se maintient* est né de deux ébauches de scénarios que je ne parvenais pas à mener à terme. L'une traitait de politique québécoise. Ayant nécessité une bonne année de recherche, je ne voulais pas l'abandonner. L'autre consistait en une simple histoire d'amour non consumée. Coincé depuis des mois, ce n'est qu'en janvier 2008 que je compris enfin ce qui clochait : je racontais deux fois la même histoire! Celle d'un peuple qui ne se choisit pas... et celle d'un homme qui en fait tout aussi peu.

Je tentai donc d'en faire un seul et même récit. Et plus je prenais des notes, plus cela ressemblait à un roman. Ce fut difficile pour moi d'admettre que le médium littéraire servirait peut-être davantage mon projet que le médium cinématographique. Mais j'étais emballé. Dès la première page, je savais que j'écrirais ce livre jusqu'à la fin.

À l'époque, je vivais avec M, une jolie brunette qui, elle ne l'avouera jamais, était une foutue rabat-joie, une empêcheuse de tourner en rond. Nous partagions alors un petit appartement près du métro Berri lorsque je lui déclarai, un beau matin : « Mon amour ! Je quitte ma maîtrise en études cinématographiques pour écrire un roman ! Et tu sais quoi ? Je vais parler d'identité collective. De notre génération. Personne ne parle jamais de nous ! Tu verras : un jour, tu l'achèteras sur les tablettes d'une librairie et tu seras fière de moi. »

La réaction de M fut très… québécoise, si je peux me permettre.

Elle me fit d'abord remarquer que je n'avais jamais étudié les lettres, et encore moins la création littéraire.

Que je n'y connaissais donc que dalle.

Puis elle me rappela que je lisais peu et combien il était difficile de se faire éditer au Québec.

Qu'elle connaissait un nombre faramineux d'individus ayant cherché à se faire publier durant des années, mais sans succès.

Elle ajouta que j'étais beaucoup trop jeune (vingt-trois ans à l'époque).

Et conclut que c'était risqué.

Que j'étais naïf.

Et un peu idiot.

Pas une fois M ne m'avait encouragé. Et même après avoir lu mon premier jet, elle n'y croyait toujours pas. Pas un seul « tu vas y arriver ! » ou un « lâche pas ! ». Elle anticipait la défaite. J'avais beau passer des heures, parfois des jours entiers, à bosser comme un malade sur ce bouquin, à en parler abondamment, à constamment avoir le nez fourré dans les ouvrages analytiques de politique et de droit constitutionnel, elle me trouvait trop ambitieux de vouloir achever et publier ce livre. Nous devons bien être le seul peuple au monde à penser qu'avoir de l'ambition est une mauvaise chose...

Je sais qu'on dédie souvent une œuvre aux gens qui nous ont aidés. Comme nous sommes au coeur du sujet, j'en profiterais pour la dédier d'abord et avant tout à M. Et par ricochet à tous ceux qui m'ont dit que je ne serais « pas capable ». À tous ceux qui m'ont dit NON depuis ma naissance, pour toutes sortes de raisons.

Cela comprend aussi ceux qui ont dit NON en 1995.

À tous ces briseurs de rêves, à commencer par M, je vous enfonce ce roman au fond de la gorge, même pas roulé, même pas huilé. Avec l'espoir que vous finirez par comprendre que parfois, les rêves, c'est tout ce que nous avons. Que c'est tout ce qui nous tient en vie. Ne faut-il pas être un enfant d'chienne pour briser les rêves des gens que nous prétendons aimer ? Ne faut-il pas être indigne d'être aimé soi-même ?

Allez au diable.

DU CINÉMA À LA LITTÉRATURE

Je me souviendrai toujours de mon premier rush cinématographique. De cette première fois où un film m'a mis sur le cul. J'avais quinze ou seize ans et je venais tout juste de découvrir (en retard) le film *Trainspotting*, de Danny Boyle. Dès les premières images, j'avais eu la bouche ouverte jusqu'au plancher ! Un héros qui n'était pas vertueux ? Un film sans bons ni méchants ? Je n'en revenais tout simplement pas. Tout me semblait tellement plus vrai!

Mais ce qui me sidéra le plus, ce fut la structure narrative du récit. Il n'y avait pas vraiment de lien de causalité entre les différentes scènes. Il s'agissait, en fait, du premier film de type « portrait d'un personnage » que je voyais, autre que… *Rambo* !

Ainsi, je me plongeai tête première dans les œuvres de cinéastes aux structures narratives plus complexes que la moyenne. *La Jetée*, de Chris Marker. *Stardust Memories*, de Woody Allen. *Hiroshima mon amour*, d'Alain Resnais. Je les dévorai toutes les unes après les autres. Puis, je les visionnai à nouveau un mois plus tard. Pour finalement les acheter en DVD et les regarder une fois par mois pendant des années. Et m'émerveiller, encore aujourd'hui, devant ces déconstructions audacieuses, ces ellipses fluides et ces temporalités parfois fortes intrigantes. Pendant mon bac en cinéma, je passai donc le plus clair de mon temps à étudier la déconstruction narrative. Ainsi, lorsque je tournais mes films, je laissais pratiquement mes chefs de départements faire ce qu'ils voulaient, mais je pouvais réécrire trente fois un court métrage de douze pages ! Je voulais essayer toutes les combinaisons possibles. Il me fallait raconter autrement.

C'est dans cet état d'esprit que je m'inscrivis à l'Université de Montréal en maîtrise d'études cinématographiques. Je voulais aller jusqu'au bout de la déconstruction du récit. Dès mon premier séminaire de scénarisation, je fis un exposé sur la cohérence narrative qui, ironiquement, manquait foutrement de cohérence lui-même. Je n'ai jamais été capable d'écrire un scénario depuis ce temps. J'étais arrivé à un point où j'avais tellement étudié cet aspect du cinéma, où je m'étais tellement gavé de films que je ne m'autorisais plus à écrire quoi que ce soit. Chaque fois que j'avais une idée, je m'apercevais que quelqu'un l'avait déjà eue avant moi, qu'il s'agisse d'un réalisateur connu ou d'un obscur cinéaste hongrois des années 30.

Cependant, je mentirais grossièrement si je prétendais avoir le même niveau de connaissances en littérature qu'en cinéma. Cela explique peut-être pourquoi ce fut si agréable de me tourner vers le roman le temps d'un projet. Je me suis lancé tête baissée dans l'aventure romanesque avec un bagage de connaissances relativement limité. Je suis loin d'avoir tout lu ! Mais justement. Je me suis amusé. J'ai écrit sans carcan. Je ne me suis pas posé de questions sur ma place dans l'histoire de la littérature puisque je n'avais pas l'ambition d'en trouver une, pour être franc. À aucun moment me suis-je demandé en quoi mes écrits illustraient ou non les théories de Roland Barthes sur la poétique du récit ou celles de Derrida sur la déconstruction narrative.

Mes références, mes inspirations, elles sont majoritairement cinématographiques. Dans le cas précis de *Si la tendance se maintient*, le film *Jésus de Montréal*, de Denys Arcand, aura été d'une influence indéniable. Car il s'agit d'une œuvre à deux niveaux de lecture fort distincts. D'une part, nous avons l'histoire d'une troupe de comédiens qui souhaite interpréter la Passion du Christ sous un angle divergeant du consensus historique, et qui doit se serrer les coudes face aux pressions extérieures les incitant à mettre fin à leur spectacle. Un récit que chacun peut apprécier et qui traite de l'amitié, de l'amour, de la liberté intellectuelle et du désir de se battre pour ses idées.

Mais il y a cet autre niveau de lecture. Celui du théologien. Celui de l'historien. On comprend, si l'on dispose de connaissances suffisantes, qu'Arcand recrée la Passion à même son récit. Qu'il la réactualise au goût de son époque pour en faire une réflexion sur la souffrance humaine. Qui serait Jésus s'il était parmi nous aujourd'hui ? Le personnage de Daniel, qui interprète lui-même Jésus au sein de sa troupe de théâtre, incarne métaphoriquement le Christ d'Arcand. Le dénouement ? Le même : on sacrifie le Christ dans l'indifférence la plus totale. Le constat du cinéaste est sans appel : c'est le manque d'amour qui tuait les gens au siècle premier, et c'est le manque d'amour qui tue les gens aujourd'hui. Rien n'a changé depuis.

Un exercice de haute voltige dont je me suis grandement inspiré pour faire de *Si la tendance se maintient* un double récit. D'une part, je voulais écrire une fiction qui se voulait un portrait de la génération Y, et faire en sorte qu'un lecteur apolitique puisse en apprécier la lecture. De l'autre, je souhaitais créer un second niveau de lecture où les férus de politique québécoise pourraient comprendre mon interprétation de notre histoire politique contemporaine. De quoi aurait l'air le Québec s'il était un seul homme ? Quel âge aurait-il ? Finira-t-il par s'en sortir un jour ? En aura-t-il assez de geindre continuellement ?

Et comment mettre tout ça en livre et non en film ? Je croyais que ce serait un foutu casse-tête! Mais, à ma grande surprise, ce fut encore plus simple pour moi que d'en faire un scénario. Non pas qu'il s'agisse d'un médium plus simple à maîtriser. Bien au contraire. Seulement, comme je me considérais comme un néophyte, le simple fait de rédiger un roman entier de manière cohérente représentait en soi un exploit à mes yeux. Je ne ressentais donc aucune pression. Que du plaisir! Et bien que le défi fût, en bout de ligne, beaucoup plus complexe, je n'ai pas un seul instant éprouvé le sentiment que j'étais en train de *travailler.*

Il faut dire également que le médium littéraire offre beaucoup d'avantages pour un auteur qu'on ne retrouve pas en scénarisation. Comme par exemple la possibilité d'aller au-delà de l'enveloppe charnelle. Un scénario ne se limite après tout qu'à la peau. Lorsqu'on écrit pour le cinéma, on ne peut habiter un personnage de l'intérieur. Ce qui signifie qu'on ne peut écrire ses sensations, ses émotions, les odeurs qu'il sent, les pensées tordues qui l'habitent au moment de poser certains gestes tout à fait banals. On y écrit plutôt des espaces, du son, des images, des mouvements, du dialogue. Mais, à moins de se livrer à une surenchère de voix *off* et de *flash-back*, jusqu'à donner de l'urticaire aux spectateurs, impossible d'entrer dans l'esprit des protagonistes.

Tandis que pour le roman, *sky is the limit*! On peut se perdre dans les limbes de la pensée humaine sur des centaines et des centaines de pages ! D'ailleurs, il n'y a aucune contrainte de temps, comparativement à la scénarisation. Au moment d'entreprendre la rédaction de *Si la tendance se maintient*, j'avais vingt-trois ans. Et à vingt-trois ans, on écrit du court métrage (mis à part Xavier Dolan, Harmony Korine et autres prodiges...). Dix minutes ou moins. Dans l'espoir d'obtenir des subventions pour rajouter cinq minutes de plus d'ici trois ans. Et qui sait, si les astres sont bien enlignés, peut-être écrirons-nous un long métrage d'une heure quinze à trente-sept ans ? Eh bien, je n'avais pas envie d'acheter du temps pendant quatorze ans. L'échec probable de la Commission Bouchard-Taylor m'avait complètement révolté et je voulais réagir. J'avais une idée, un point de vue, une démarche. Je voulais parler d'identité nationale. Je voulais parler de ma génération. Et je voulais le faire maintenant.

D'ailleurs, lorsque je rencontrai pour la première fois Isabelle Longpré, directrice littéraire de la collection *Première Impression*, elle me dit sans détour, en guise d'introduction : « Ton manuscrit, c'est bien, mais c'est beaucoup trop court. » J'avais encore à me départir de mes mauvaises habitudes découlant du court métrage, qui force la concision jusqu'à l'extrême. On en vient souvent, et moi le premier, à écrire un « faux long métrage », en ce sens où nous tentons de condenser en huit minutes ce qui pourrait être un long métrage, par exemple, en élaguant toutes les scènes transitoires et les moments d'égarement volontaire. On retire la chair et on brandit un squelette. On ne peut pas vraiment faire autrement, d'ailleurs. Faute de moyens. Mon manuscrit a donc pratiquement doublé depuis ma première rencontre avec Isabelle. Et pourtant, je n'ai rien ajouté de majeur au récit. J'ai simplement laissé respirer le texte. Ajouté des scènes anecdotiques. Des disgressions. Ce qui m'a permis d'enrichir le personnage de Jean-François. De le nourrir de nuances et de contradictions, même s'il en avait déjà beaucoup.

FICTION VS AUTOFICTION

Ma plus grande fierté, comme auteur de *Si la tendance se maintient*, aura été d'avoir su restreindre la dimension autobiographique à son strict minimum et d'avoir néanmoins développé un protagoniste complexe et tout en contradictions. Jean-François Gagnon est non seulement à des années-lumière de qui je suis, mais il incarne en plus à lui seul tout ce que je déteste chez le Québécois moyen ! Pas facile de se glisser dans la peau de quelqu'un d'aussi complaisant, défaitiste et dénué d'ambition. J'en aurai appris en maudit sur le plan humain et sur l'acceptation d'autrui…

Qu'on me comprenne bien : je n'ai rien contre l'autofiction. Il s'agit d'un genre comme un autre, avec ses forces et ses faiblesses. Souvent, la force de l'autofiction se retrouve dans la puissance et dans la brutalité de la narration. Les émotions y sont vives et franches. J'ai d'ailleurs beaucoup puisé dans le style de rédaction autofictionnel afin de conférer une épaisseur d'authenticité au personnage de Jean-François. Mais outre certains lieux, les comparaisons entre J-F et moi s'arrêtent là. Je n'ai jamais été victime de viol, je n'ai jamais eu de démêlés avec la justice, je n'ai jamais fait de dépression non plus, et j'ai beaucoup plus d'ambition et de confiance en moi que ce pauvre type.

N'empêche, il me semble de plus en plus difficile, de nos jours, de justifier la fiction. Surtout chez les nouveaux auteurs. Les lecteurs semblent perpétuellement en quête de « vérité » et préfèrent les biographies et autres romans autofictionnels aux récits de fictions. On aime l'idée que tout le monde ait quelque chose à raconter. Ce qui est vrai, remarquez. Tout le monde a un livre à écrire sur sa vie. Mais pas deux! Après tout, on ne peut pas passer sa vie à se raconter soi-même, n'est-ce pas? La preuve: nombreux sont les auteurs d'autofiction à avoir publié un livre ou deux avant de disparaître soudainement dans le brouillard. Il y a des limites à se prendre soi-même en exemple à tout bout de champ.

De toute manière, la *réalité* est souvent beaucoup plus « vraie » dans la fiction que dans la vie de tous les jours! Du moins, c'est ce que prétendait Michel Brault, grand documentariste de l'Office National du Film, qui a justifié son passage à la fiction par cette affirmation plutôt farfelue, mais qui mérite néanmoins qu'on s'y attarde. Il croyait en effet qu'en documentaire, on prétend montrer la réalité telle qu'elle l'est, mais que dans les faits, on n'y montre que ce que nous voulons bien montrer. L'espace que le cadre cinématographique n'arrive pas à couvrir est infini.

Tandis qu'en cinéma de fiction, la réalité que l'auteur met en place se retrouve entièrement dans le cadre. Si nous dépassions ce cadre, que verrions-nous? Des techniciens. Des lampes. Un réalisateur assis sur une chaise. Un buffet de mauvais sandwichs.

Cela dit, pour m'être adonné à ces deux genres, je peux affirmer qu'écrire de la fiction représente une charge de travail nettement supérieure à celle d'écrire de l'autofiction. Les gens ne se rendent pas toujours compte, par exemple, à quel point la construction d'un personnage fictif peut être complexe. Il faut bâtir un profil psychologique, un passé, qui généreront des traumatismes, des *patterns*, des tics nerveux, de la redondance (Oui! Il en faut! Car l'humain est redondant!); et tout cela devant être articulé de manière cohérente. Et le pire reste à venir! Car par la suite, si l'auteur souhaite faire de son protagoniste un personnage riche et crédible, il faudra que ce dernier se contredise, se surprenne, se trompe! Après tout, l'être humain ne fait pas tout le temps preuve d'une logique imparable. Mais il est d'une cohérence indiscutable. Et LÀ se trouve le plus grand défi de l'auteur: celui de jauger à quel moment il peut enfreindre la logique de son personnage sans en affecter la cohérence.

Lorsque nous rédigeons de la pure fiction, il y a aussi le regard de l'autre qui diffère beaucoup par rapport au processus de création autofictionnelle. Faites l'exercice. Vous verrez, c'est rigolo.

Annoncez à la moitié de vos proches que vous projetez d'écrire un livre sur la relation houleuse avec votre père. Puis, constatez à quel point les réactions seront positives. « C'est bon ! Ça va te faire du bien ! En plus, c'est un sujet universel. Ça va toucher beaucoup de gens. »

Ensuite, annoncez à l'autre moitié de vos proches que vous voulez écrire l'histoire d'un jeune extraterrestre, sur la planète Triton 4, dans un univers lointain, en 2098, qui entretient une relation houleuse avec son père. Constatez le malaise ou l'indifférence chez vos interlocuteurs. « Hein ? Pas un peu cliché ? On a lu ça cent fois ! Tout le monde a de la misère avec sa famille. Il faut en revenir, à la fin ! Et pourquoi Triton 4 ? Tu n'aurais pas envie de te trouver une vraie *job* sur ta planète, à la place ? »

Et ce n'est là que la pointe de l'iceberg. Car il y aura également les « tu es qui, toi, l'étudiant de cinéma de vingt-trois ans, pour parler de relations familiales ? »

Personne.

Nous ne sommes jamais personne pour avoir la prétention d'écrire de la fiction. Seulement, si on s'arrêtait tous à ce constat, plusieurs classiques de la littérature seraient restés prisonniers dans le cerveau de leurs auteurs. Il faut prendre le risque de se faire démolir.

LA GÉNÉRATION Y ET LA POLITIQUE

Je ne m'en cacherai pas, la double construction narrative de *Si la tendance se maintient* avait, entre autres, pour but de raccrocher les gens de ma génération au débat constitutionnel, et donc à la question nationale. J'espérais qu'en lisant le titre d'un chapitre, ils s'intéresseraient peut-être à certains pans de notre histoire qui leur échappent. Par exemple, le jeune lecteur de vingt ans pourrait être intrigué par l'Accord du Lac Meech comparé à une ridicule déclinaison de propositions insensées du personnage de Jean-François, alors en pleine négation de ses problèmes personnels, à son psychologue. Car à mon avis, Meech se voulait davantage une liste de revendications absurdes qu'une piste de solution à notre crise identitaire collective. Après tout, la question nationale est beaucoup plus complexe qu'une simple question mathématique à la PLQ. Qu'est-ce qu'un Québécois ? Que souhaitons-nous bâtir en tant que peuple ? Quelles sont nos aspirations collectives ? L'Accord du Lac Meech ne répondait à aucune de ces interrogations. Ce n'était pas en donnant davantage de pouvoir sur l'immigration au Québec, par exemple, que nous allions savoir quoi en faire. Et de toute façon, ce pacte constitutionnel de pacotille allait se heurter inévitablement au refus des autres provinces. L'histoire me donne raison là-dessus. Les gouvernements provinciaux qui étaient prêts à accepter l'Accord l'ont fait à contrecœur dans le simple but d'éviter de revigorer le mouvement souverainiste. Ils savaient, de toute manière, qu'Elijah Harper et Clyde Wells allaient se taper la sale besogne de faire couler Meech dans son lac à leur place...

Mais de tout cela, ma génération n'en connait pas grand chose. L'échec de Meech, la réaction de Bourassa, le Rapport Allaire, tout ça allait pourtant relancer le mouvement souverainiste avec une vigueur phénoménale! Toutefois, si vous questionnez un individu d'une vingtaine d'années au sujet de la pertinence du Rapport Allaire, les chances qu'il puisse vous répondre quelque chose de cohérent sont pratiquement nulles.

Mais attention! Ne blâmez pas ma génération trop vite!

On a tendance à tout mettre sur les épaules des Y. Mais à qui la faute? Pourquoi le taux d'abstention des jeunes électeurs est-il si astronomique?

Serait-ce parce que personne ne s'adresse à nous?

Car s'il est vrai que la question nationale et l'histoire politique du Québec nous laissent généralement indifférents, il est complètement faux de prétendre que la génération Y est entièrement désintéressée *du* politique en soit. Prenez les groupes écologistes, par exemple. Si l'environnement est devenu une préoccupation de premier ordre au sein des partis politiques (de gauche...), si les lobbys environnementaux sont aussi influents qu'ils le sont aujourd'hui, c'est en grande partie dû à l'armée de jeunes activistes de trente ans et moins qui sont descendus dans la rue pour manifester leur mécontentement, qui ont organisé des colloques sur le sujet dans leurs cégeps et dans leurs universités. À ce sujet, le sociologue Guy Rocher, figure marquante de l'intelligentsia québécoise, abonde dans le même sens lors d'une entrevue livrée à l'équipe du *Voir*:

« Désormais, beaucoup de jeunes Québécois vivent une « politisation » assez particulière; ils croient à l'efficacité d'une action politique à travers des organismes non étatiques. Ils ont beaucoup plus confiance dans l'action d'organisations non gouvernementales que dans l'action politique comme telle, à l'intérieur de partis. C'est leur manière d'être politisés. Je côtoie beaucoup de jeunes à l'université. [...] je sens qu'il y a chez eux une sorte de politisation, en même temps qu'un engagement social très fort. Ils font très peu confiance aux politiciens. [...] Je comprends parfaitement ce type d'engagement. »[1]

Ainsi, monsieur Rocher affirme qu'il y a beaucoup d'espoir dans l'implication au civil de la génération Y et ce, malgré leur cynisme électoral. Un avis que je partage en grande partie. Cela dit, il y a un danger à se complaire dans le cynisme dont nous faisons preuve. Après tout, il y aura toujours un gouvernement, il y

1. ÉLIAS LÉVY, La somme des parties, *Voir Montréal*, 13 mai 2010, p. 8.

aura toujours un pouvoir politique aux tentations népotiques et notre ignorance ne pourra que faire de nous de perpétuelles victimes de l'appareil politique.

Récemment, dans *La Presse*, je suis tombé sur une fascinante entrevue où on questionnait Lucien Bouchard et Mario Dumont sur le cynisme des électeurs québécois. Et bien que je ne sois pas du tout *lucide* ou adéquiste, je voue un énorme respect à ces deux hommes dont je partage beaucoup les constats (mais pas les solutions...). Monsieur Dumont y disait par ailleurs ceci:

«Mais le drame du cynisme, c'est que ce soit valorisé. C'est de bon ton, socialement, d'être cynique. Je m'excuse parce que je vais en insulter quelques-uns, mais pour moi, il y a une forme de paresse là-dedans. Devant la complexité des enjeux, c'est pas mal plus facile de dire: c'est tout pourri, c'est de la merde, je ne m'intéresse plus à ça. C'est plus compliqué de dire: bon, j'ai étudié ça, et tel parti a de bonnes idées. Ça demande un effort de lecture, d'information, d'écoute.»[2]

Il y a beaucoup de vrai dans le discours de monsieur Dumont. Certes, le cynisme politique est une forme de négation, une habile manifestation de paresse intellectuelle. Et d'ailleurs, si certains cyniques consacraient autant d'efforts à se renseigner sur les évènements politiques actuels qu'à colporter de nouvelles blagues

---

2. KATIA GAGNON, Lucien Bouchard et Mario Dumont: on n'a pas le droit d'être cynique!, *Cyberpresse*, mai 2010, http://www.cyberpresse.ca/actualites/quebec-canada/politique-quebecoise/201005/07/01-4278466-lucien-bouchard-et-mario-dumont-on-na-pas-le-droit-detre-cynique.php

sur les politiciens, peut-être cesserions-nous de réélire ce gouvernement corrompu que nous méritons malheureusement (au moment d'écrire ces lignes, il s'agit du gouvernement Charest). Mais contrairement à monsieur Dumont, je ne serais pas prêt à mettre tous les cyniques dans le même sac. En fait, je crois carrément que le cynisme dont fait preuve la génération Y est totalement justifié.

C'est que personne ne nous parle ! ! !

Depuis qu'André Boisclair a été évincé du Parti Québécois au profit de Pauline Marois, aucune des formations politiques de la scène provinciale ne s'adresse aux gens de mon âge. On ne parle plus de « l'éducation pour tous », de la gratuité scolaire, du gel des frais afférents, de l'augmentation des bourses d'études. Maintenant, tous les partis veulent dégeler les frais de scolarité et les augmenter graduellement sur plusieurs années. Ils souhaitent tous convertir les bourses d'études en prêts bancaires. Dans quel but ? Dans celui de rembourser une Révolution tranquille dont ils furent les seuls bénéficiaires ! N'est-ce pas dégueulasse ? Les baby-boomers ont mis sur place un système d'éducation postsecondaire plus accessible à la population, ils ont fait des études à bon marché, et maintenant qu'ils n'ont plus besoin de ces infrastructures, ce sont leurs enfants qui en payent les frais en s'entassant à six dans des appartements minables et en s'endettant au maximum ! Et on vient nous traiter de cyniques ?

Pendant ce temps, les partis politiques se présentent tous comme le parti des familles. Le parti des travailleurs. Le parti de la prospérité économique. Mais y a-t-il un parti des étudiants ? Un parti des jeunes adultes ? Si nous avons vingt-six ans, que nous étudions à temps partiel, que nous faisons dix-sept mille dollars par année et que nous sommes célibataires, quel est le parti qui nous représente ?

Taxez-nous de cynisme autant que vous voulez. Moi, je sais que si on nous parlait dans notre langue, nous écouterions. Cessez de nous parler en REÉR. En coffres à outils. En voitures et en maisons. Parlez-nous en plans d'études. En colocations nombreuses. En pauvreté crasse. Car notre monde, c'est celui-là. C'est celui du sexe brut, de l'alcool bon marché, des culs-de-sac perpétuels et des horaires impossibles. Nous avons trop de diplômes, aucune stabilité, et on se réfugie dans les soirées entre chums et dans la quête de l'orgasme libérateur, celui qui effacera tous les maux dont nous sommes victimes.

Tous les jours, on va au travail, mais rarement à la même heure et rarement au même endroit. On finit de bosser la veille vers minuit, et on recommence à sept heures le lendemain matin. Une fois au travail, on nous reproche d'être bêtes et amorphes parce que nous sommes fatigués. On nous dit que nous ne méritons pas nos dix dollars de l'heure sans pourboire à faire ce que n'importe quel imbécile pourrait faire aussi bien que nous. On quitte à quinze heures car nous travaillons ailleurs, à seize heures, à l'autre bout de la ville. Si on arrive avec une minute en retard, on nous reproche notre manque de professionnalisme. On bosse jusqu'à onze heures. On revient, on est claqués, un peu déprimés, alors on se cale des bières avec nos colocataires en parlant de sexe et de nos cartes de crédit pleines à craquer. Mais pas trop tard. Car on a un cours tôt le lendemain matin. Un cours où on va écouter d'une oreille distraite parce qu'on travaille presque à plein temps, en plus d'étudier déjà presque à plein temps. On fera un paquet de fautes d'orthographe le jour de l'examen et on nous reprochera de ne pas savoir écrire correctement. Puis, on retournera bosser dans l'un de nos multiples emplois où on se fera dire à nouveau par le patron qu'il n'aurait jamais dû engager d'étudiants dans sa *business*.

C'est dans ce contexte que j'ai rédigé ce roman, soit dit en passant. Heureusement qu'il fut si plaisant à rédiger.

Malgré tout, chaque jour, je discute de la question nationale avec des gens de mon entourage. Même avec des anglophones. Et tout le monde est unanime pour dire que le Québec est différent. Que même les Québécois anglophones sont foutrement différents de ceux du *rest of Canada*. Ils sont les premiers à se foutre de la gueule des Ontariens. Tous les jeunes adultes de la génération Y se sentent concernés par la question nationale. Ils sont tous, soit viscéralement souverainistes, soit viscéralement fédéralistes, mais d'aucun ne ressentent cette indifférence totale ou cette envie de couper court à la discussion comme le font leur parents, par exemple. Il y a donc de l'espoir. L'intérêt est là ! Que ce soit la pleine souveraineté, ou la réouverture de la Constitution, on sent que ce sujet allume les gens de mon âge. Nous ne sommes pas aussi las que vous le pensez ! Seulement, qui s'intéresse VRAIMENT à ce que nous en pensons ?

Le cynisme dont nous faisons preuve est donc selon moi dangereux, mais il n'est pas irréversible pour autant. Je suis convaincu qu'un parti politique profiterait grandement, par exemple, de l'apport d'un député de vingt-quatre ans. De quelqu'un qui pourrait raccrocher sa génération à la politique. Qui proposerait, à son parti de se pencher TRÈS SÉRIEUSEMENT sur notre cas. Vous croyez que c'est trop jeune, vingt-quatre ans, pour siéger à la tête d'un comté ? Prenez la majorité des députés adéquistes (s'il en reste encore au moment où vous lisez ces lignes...). Puis prenez Xavier Dolan. Lequel des deux a l'air le plus érudit ? À qui confieriez-vous le ministère de la Culture?

Aux chefs de tous les partis politiques, je vous dis ceci : venez nous chercher et faites-nous de la place. Car sinon, nous ne ferons qu'attendre en silence la mort de tous les baby-boomers avant d'avoir enfin un espace pour nous exprimer. Et ainsi mettre en place une société qui n'est pas seulement celle des cinquante ans et plus.

IL FAUT SAVOIR S'ARRÊTER

Oui, cette postface a un ton revanchard. Elle a au moins le mérite de l'authenticité. Si on nous octroyait des espaces d'expression, on aurait peut-être moins besoin de gueuler, après tout. Encore faut-il qu'on ait envie de comprendre ce que nous voulons dire.

J'ai dédié ce roman, un peu plus tôt, aux briseurs de rêves. Mais je le dédie aussi à ceux qui m'ont aidé. Car il y en a eu. À commencer par mon père, Gaétan, qui m'a soutenu de toutes les manières inimaginables depuis des années. Sans lui, je serais probablement devenu pompiste ou *junkie*! Il a été tout ce que nous attendons normalement d'un père. Sans oublier Simon, mon vieil ami, qui s'est montré un lecteur enthousiaste et spontané dès le départ et qui m'a fait des commentaires comme un lecteur, et non comme un auteur raté en quête de revanche. Merci pour ta franchise, mon vieux, ça fait du bien d'avoir du monde vrai autour de soi. Je remercie également mes copains de France qui m'ont hébergé à Toulouse et à Montreuil : les Maylis, Jean et Gabrielle, grâce auxquels j'ai pu écrire en bloc, loin des distractions de mon quotidien, le temps de quelques jours. Et je salue aussi la clique du Arts Café, particulièrement la jolie Heidi, qui a supporté ma gueule *hangover* et mes commandes de déjeuner *custom design* pendant un an et demi !

Et finalement, je me prosterne devant Isabelle Longpré, et je remercie toute l'équipe de Québec Amérique pour l'enthousiasme et le professionnalisme exemplaire dont ils ont fait preuve tout au long du processus de création. Donner corps à un personnage aussi ambivalent et contradictoire que Jean-François Gagnon ne fut pas chose aisée. J'ai eu droit à toute une équipe de professionnels afin de m'aider à départager les *contradictions* des *incohérences*. Et lorsque je repense à mon premier jet, je me dis que... que j'suis chanceux en maudit d'vous avoir eu derrière moi!

Maintenant, il ne reste plus qu'à espérer que ce bouquin connaîtra une vie intéressante. Si je peux contribuer à démolir le mythe de l'écrivain dépressif et misanthrope, je tiens à dire que j'ai rédigé *Si la tendance se maintient* dans une incommensurable allégresse, dans un plaisir renouvelé quotidiennement; que je l'ai finalement écrit un peu n'importe où, chez moi, chez toi, dans des restos, dans des bars, au travail, entre deux *batch* de vaisselle sale, sur des bancs de parc, et même en France! C'est dire! Il sera donc à jamais associé à ma jeune vingtaine, à mes années folles, à cette période de ma vie où j'ai décidé de quitter tous les gens qui me tiraient vers le bas, à commencer par M, d'ailleurs, pour enfin me mettre à prendre des risques, à oser, à croire en moi, et à travailler fort au lieu de m'avouer vaincu dès le départ. Je suis devenu un adulte avec ce livre. Ne reste plus qu'à espérer que le Québec, un jour, puisse passer à son tour à l'âge adulte, et qu'il cesse de se trouver des excuses.

Pierre-Marc D

POURQUOI AVOIR CHOISI *SI LA TENDANCE SE MAINTIENT* ?

Premier auteur dans la vingtaine à publier dans la collection Première impression, Pierre-Marc Drouin est un bâton de dynamite muni d'un clavier d'ordinateur… C'est donc avec fougue et détermination, ainsi qu'un enthousiasme débordant (le jeune homme m'épuise !), qu'il est allé au bout de son projet créatif et ça donne tout un roman ! En effet, qui aurait pu penser qu'un digne représentant de la génération Y, réputée désabusée par la chose politique, se serait livré à un exercice de style dans lequel il transpose, sous un mode fictionnel, des pans de notre histoire récente ? Le pari était risqué, mais il l'a relevé avec brio. Son personnage de Jean-François Gagnon incarne ni plus ni moins qu'un Québec qui ne se choisit pas.

Au-delà de ce contenu pour le moins surprenant, il y a aussi ce style, sans détours, efficace, qui « livre la marchandise » dans une langue vivante et actuelle. Et c'est fort de son bagage cinématographique que Pierre-Marc sait mettre en scène des séquences visuellement parlantes. Pas étonnant non plus qu'on sente chez ce pur produit des années 1980 – la décennie de l'apparition massive du vidéoclip –, l'influence télévisuelle et cela, bien au-delà de la célèbre formule de Bernard Derome !

Bref, voilà une étoile montante de notre littérature, un jeune auteur qu'il faudra résolument avoir à l'œil !

Isabelle Longpré

Directrice littéraire

TABLE DES MATIÈRES

QUÉBEC AMÉRIQUE

PREMIÈRE IMPRESSION

1 – *Compter jusqu'à cent,* Mélanie Gélinas, 2008.

2 – *Peut-être que je connais l'exil,* Annick Charlebois, 2008.

3 – *À Juillet, toujours nue dans mes pensées,* Benoît Quessy, 2009.

4 – *La Femme fragment,* Danielle Dumais, 2009.

5 – *Confidences en trompe-l'œil,* Guy Mouton, 2010.

GARANT DES FORÊTS INTACTES

L'impression de cet ouvrage sur papier recyclé a permis de sauvegarder l'équivalent de 12 arbres de 15 à 20 cm de diamètre et de 12 m de hauteur.

Achevé d'imprimer au Canada
en juin 2010
sur les presses de Imprimerie Lebonfon Inc.